나는 이희영이다

1판 1쇄 인쇄 | 2024년 03월 18일
1판 1쇄 발행 | 2024년 03월 22일

지 은 이 | 이덕일
펴 낸 이 | 천봉재
펴 낸 곳 | 일송북

주 소 | 서울시 성북구 성북로 4길 27-19(2층)
전 화 | 02-2299-1290~1
팩 스 | 02-2299-1292
이 메 일 | minato3@hanmail.net
홈페이지 | www.ilsongbook.com
등 록 | 1998.8.13(제 303-30300002510020060000049호)


ISBN 978-89-5732-324-3 (03800)
값 14,800원

※ 책값은 뒤표지에 있습니다. 잘못된 책은 구입처에서 교환해 드립니다.

근대

삼한갑족 노블레스 오블리주의 대명사

# 나는 이회영이다

이덕일 지음

일송북

## 동서고금을 통해 해방운동이나 혁명운동은 자유와 평등을 추구하는 운동이었다

"한 민족의 독립운동은 그 민족의 해방과 자유의 탈환을 뜻한다. 이런 독립운동은 운동 자체가 해방과 자유를 의미한다. 태고로부터 연면히 내려온 인간성의 본능은 선한 것이다."

-이회영이 독자에게-

# 서문

## 한국을 만든 인물 500인을 선정하면서

일송북은 한국을 만든 인물 5백 명에 관한 책들(5백 권)의 출간을 기획하여 차례대로 펴내고 있습니다. 이는 긍정적이든 부정적이든 우리 역사에 뚜렷한 족적을 남긴 인물들의 시대와 사회를 살아가는 삶을 들여다보고 반성하며, 지금 우리 시대와 각자의 삶을 더욱 바람직하게 이끌기 위해서입니다. 아울러 한국인의 정체성은 무엇인가를 폭넓고 심도 있게 탐구하는, 출판 사상 최고·최대의 한국 인물 총서가 될 것입니다.

시리즈의 제목은 「나는 누구다」로 통일했습니다. '누

구'에는 한 인물의 이름이 들어갑니다. 한 인물의 삶과 시대의 정수를 독자 여러분께 인상적·효율적으로 전할 것입니다. 무엇보다 지금 왜 이 인물을 읽어야 하는가에 충분히 답해 나갈 것입니다.

이번 한국 인물 500인 선정을 위해 일송북에서는 역사, 사회, 문화, 정치, 경제, 국방, 언론, 출판 등 각 분야의 전문가들로 선정위원회를 구성했습니다. 선정위원회에서는 단군시대 너머의 신화와 전설쯤으로 전해오는 아득한 상고대부터 아직도 우리 기억에 생생한 20세기 최근세까지의 인물들과 그 시대들에 정통한 필자를 선정하고 있습니다.

우리는 지금 최첨단 문명시대를 살고 있습니다. 인터넷으로 실시간 글로벌시대를 살고 있으며 인공지능 AI의 급속한 발달로 인간의 정체성마저 흔들리고 있음을 절감하고 있습니다.

이러한 때일수록 인간의, 한국인의 정체성이 더욱 절실히 요구되고 있습니다. 그 정체성은 개인이나 나라의 편협한 개인주의나 국수주의는 물론 아닐 것입니다. 보수와 진보 성향을 아우르는 한국 인물 500은 해당 인물의 육성으로 인간 개인의 생생한 정체성은 물론 세계와 첨단 문명시대에서도 끈질기게 이끌어나갈 반만년 한국인의 정체성, 그 본질과 뚝심을 들려줄 것입니다.

## 한국 인물 500인 선정위원회 (가나다 순)

**위원장: 양성우**(시인, 前 한국간행물윤리위원회 위원장)

**위원: 권태현**(소설가, 출판평론가), **김종근**(前 홍익대 교수, 미술평론가), **김준혁**(한신대 교수, 역사), **김태성**(前 11기계화사단장), **박상하**(소설가), **박병규**(민화협 상임집행위원장), **배재국**(해양대 교수, 수학), **심상균**(KB국민은행 노동조합 & 금융노동조합연대회의 위원장), **윤명철**(前 동국대 교수, 역사), **오세훈**(언론인, 前 기아자동차 홍보실장), **이경식**(작가, 번역가), **오영숙**(前 세종대학교 총장, 영어학), **이경철**(前 중앙일보 문화부장, 문학평론가), **이덕수**(시민운동가, 시인), **이동순**(영남대 명예교수, 시인), **이덕일**(순천향대학교, 역사), **이순원**(소설가), **이종걸**(이회영기념사업회장), **이종문**(前 계명대 학장, 시조시인) **이중기**(농민시인), **장동훈**(前 KTV 사장, SBS 북경특파원), **하만택**(성악가), **하응백**(前 경희대 교수, 문학평론가)

## 차 례

## 3장 · 고종의 급서와 3·1혁명



## 4장 · 아나키즘의 깃발을 들다

## 5장 · 의열단과 다물단



## 6장 · 극도의 빈곤 속에서



## 7장 · 만주에 피어나는 아나키즘 공화국

## 8장 · 국제도시 상해에서 투쟁하다

### 1. 상해, 새로운 활동 무대



## 9장 · 무장 투쟁의 길과 순국

### 1. 만주로 잠입하다

# 들어가는 글

이회영의 삶을 한 마디로 압축하면 '모든 것을 버린 삶'이다. 조선의 제일 가문이라는 삼한갑족(三韓甲族)의 '명예'는 물론 조선에서 제일 많았다는 '재산'도 버렸다. 마지막에는 '삶'도 버렸다. 더욱 정확히 말하면 '버렸다'라기보다는 '민족해방과 인간해방의 제단'에 바쳤다고 할 수 있다. 67세의 노인 이회영은 일제 대련 수상서의 혹독한 심문에 '본적' 진술까지도 거부하는 '함구불언'으로 맞서다가 고문사를 당했다.

역사를 연구하다 보면 '변절'은 다반사인데, '변절'은 무언가를 갖고 싶은 데서 시작된다. 동학군의 맹장으로 10

만 농민군을 이끌었던 이용구가 매국 '일진회'의 회장으로 변신한 것도 친일을 통해 무언가를 얻고 싶었기 때문이다. 역사의 비극은 이런 '변절'이 다반사로 벌어진다는 데 있다.

한 사회의 정신의 가치는 이런 '변절'의 유혹을 이겨내고 자신의 신념을 지켰던 이들을 어떻게 대접하는가에 달려있다고 해도 과언은 아니다. 이런 점에서 필자가 『아나키스트 이회영과 젊은 그들』을 통해 이회영과 그 일가의 삶을 재조명했던 2001년까지 그의 삶 자체가 지워져 있었다는 사실은 그대로 우리 사회의 자화상이 된다. 대일항전기에 일제에게 빼앗긴 나라를 되찾으려다 목숨을 잃은 순국 지사는 15만~30만 명으로 추산되는데 그중 1~2%에 해당하는 3,500여 명이 순국선열로 인정되어 서훈을 받았다. 후손이 없거나 이름도 남기지 못한 순국 지사가 98~99%나 된다.

우리나라는 쿠데타로 집권한 박정희 정권이 정통성의 부족함을 메우려는 수단의 하나로 1962년에야 건국공로 훈장을 수여하기 시작했는데, '재산'과 '목숨'까지 바친 이회영의 등급은 3등급 '독립장'이었다. 그나마 3등급 서훈이라도 받았으니 이름도 남기지 못한 98~99%의 순국선열들보다는 낫다고 자위해야 할 것인가?

그러나 그 후에도 이회영의 삶은 철저하게 지워져 있었다. 해방 후 미군정과 이승만 정권을 거치면서 친일파들이 다시 득세한 것이 주요 원인이기는 하지만 다른 분야는 몰라도 역사학만 살아 있었다면 이회영과 그 일가의 흔적은 지워지지 않았을 것이다. 평생에 걸쳐 이회영의 아나키스트 동지로 지냈던 신채호가 감옥에서 병마와 추위와 싸우면서 『조선상고사』를 집필하고 있을 때 조선총독부 직속의 조선사편수회에서 일본인 식민사학자들의 총애를 받으며 자국사를 왜곡하던 이병도·신석호와 그 제자들이 한국 역사학계를 거의 100% 장악한 것이 이회영과 그 일가들이 '지워진' 근본 원인이다. 해방 후에도 일본인들로부터 주입당한 역사관을 추종하는 이 땅의 역사학계를 누구는 '강단사학'이라 부르고, 누구는 '식민사학'이라 부르고, 누구는 '황국사학'이라 부르지만 그 본질은 노예의 역사학이다. 이들은 서론에서는 식민사학을 극복

했다고 자화자찬하면서 본론에서는 식민사학을 반복하는 사기술로 해방 후 80여 년 동안 한국 역사학계를 지배해왔다.

대일 항전기는 빼앗긴 영토를 되찾기 위해서 싸운 영토 전쟁의 시기이자 역사 해석을 둘러싸고 싸웠던 역사 전쟁의 시기였다. 역사를 '피(彼)와 아(我)'의 투쟁이라고 정의했던 신채호의 분류에 의하면 명백한 '피(彼)'인 저들이 아직도 '아(我)'의 뇌리를 지배하는 것이 우리 사회의 현실이다. 지난 정권에서 보수정당의 이데올로거 역할을 했던 한국학중앙연구원의 한국학진흥사업단장이 공개 학술대회 석상에서 "신채호를 세 자로 말하면 또라이, 네 자로 말하면 정신병자"라고 극언을 했는데 그 자리에 있던 수십 명의 역사학자 중에서 공개적으로 항의한 사람은 단 한 명도 없었다. 단재 신채호가 설파한 고대사에 대해서 말하면 자칭 진보 역사학자들은 "어림도 없는 소리"라고 호통 치는 것으로 입을 닫게 만든다. 조선총독부 황국사관이 보수·진보를 아우르는 유일한 역사관으로 국민들을 지배하다 보니 가야사를 임나일본부사로 둔갑시켜

유네스코에 등재시키려 하고, 전라도를 고대부터 야마토 왜의 식민지로 조작한『전라도 천 년사』같은 매국 반민족 역사서를 도민들의 도비로 출간하려는 지경에 이르렀다. 이들에게는 그나마 '변절'이라는 비판도 사치다. '변절'이란 한때나마 올바른 길을 걸었던 사람들을 뜻하는 용어인데 해방 이후 지금까지 한국 역사학은 단 한순간도 올바른 길을 걸은 적이 없기 때문이다.

이회영과 그 일가의 '지워진 삶'이 이제 우리 사회의 보통 국민들이라면 알고 있는 '상식'이 되었다는 그 자체로 우리 사회는 발전한 것이다. 그러나 아직도 갈 길이 멀다. 현재 우리 사회가 크게 병든 것은 과정을 무시하고 결과만을 중시하기 때문이다. 이런 점에서 이회영이 김종진에게 "운동 자체가 해방과 자유를 의미하는 것"이라고 갈파한 것은 그대로 부패한 우리 사회에 던지는 소금이다. 그래서 이회영의 길은 실패한 삶이 아니다. '민족해방'과 '인간해방'의 전선에서 해방과 자유의 삶을 산 이회영의 삶은 실패하지 않았다. 그런 이회영의 삶, 자신의 온 재산은 물론 생명까지 민족해방과 인간해방의 제단에 바친 이회영을 되돌아보는 것 자체가 크게는 우리 사회, 작게는 나의 인생을 되돌아보게 하는 '거울'이 될 것이라고 나는 믿는다.

종로 김상옥로의 한가람역사문화연구소에서

이산(夷山) 이덕일 기(記)

# 1장

# 썩은 고목에도
# 싹은 트는가

# 1. 이회영 일가의 망명

## 삼한갑족의 집단망명

1910년 12월. 대륙의 찬바람이 휘몰아치는 새벽, 이회영(李會榮: 1867~1932) 일가는 꽁꽁 얼어붙은 압록강을 건넜다. 이회영과 여섯 형제로 이루어진 일가 40여 명의 집단망명이었다. 고종 4년(1867) 생인 이회영은 당시 44세의 장년이었다. 압록강과 두만강은 이미 일제의 감시 때문에 마음대로 건널 수 없었다. 이회영의 부인 이은숙은 자서전인 『서간도시종기(西間島始終記)』에서 일제의 감시를 피해 압록강을 건넜던 과정을 상세하게 묘사했다.

「팔도에 있는 동지들께 연락하여 1차로 가는 분들을

차차로 보냈다. 신의주에 연락 기관을 정했는데, 겉보기에는 주막이라 행인에게 밥도 팔고 술도 팔았다. 우리 동지는 서울서 오전 여덟 시에 떠나서 오후 아홉 시에 신의주에 도착, 그 집에 몇 시간 머물다가 압록강을 건넜다. 국경이라 경찰의 경비가 철통같지만 새벽 세 시쯤은 안심하는 때다. 중국 노동자가 강빙(江氷: 얼어붙은 강)에서 사람을 태워 가는 썰매를 타면 약 두 시간 만에 안동현에 도착된다. 그러면 이동녕 씨의 매부인 이선구 씨가 마중 나와 처소(處所)로 간다.」

만물이 잠든 새벽 세 시가 겨울 압록강을 건너는 시간이었다. 이회영은 작년에 이미 압록강을 건넌 적이 있었다. 나중에 임시정부 주석이 되는 이동녕(1869~1940)과 장유순(1877~1952), 대한민국 육군 부위(현재의 중위)였던 이관직(1882~1972)과 함께 강을 건넜는데 독립운동가 채근식이 쓴 『무장 독립운동비사(秘史)』는 이렇게 말하고 있다.

"1909년 봄에 서울 양기탁의 집에서는 신민회 간부의 비밀회의가 열렸으니…… 이 회의에서 결정한 안건은 독립기지 건설 건과 군관학교 설치 건이었다……. 그리하여 동년 여름에 간부의 이회영·이동녕·주진수·장유순 등을 파견하여 독립운동에 적당한 지점을 매수케 하였다."

만주를 답사해 독립운동 근거지를 물색하고 귀국한 이회영은 형제들에게 망명을 설득했다. 평생 이회영과 함께 투쟁했던 이관직은 『우당 이회영 실기(實記)』에서 이회영이 형제들을 설득하는 장면을 생생하게 묘사했다.

"슬프다! 세상 사람들은 우리 가족에 대하여 말하기를 대한 공신의 후예라 하며, 국은(國恩)과 세덕(世德)이 이 시대의 으뜸이라 한다. 그러므로 우리 형제는 나라와 더불어 안락과 근심을 같이 할 위치에 있다. 지금 한일합병의 괴변으로 인하여 한반도의 산하가 왜적의 것이 되고 말았다. 우리 형제가 당당한 명문 호족으로서 차라리 대의가 있는 곳에 죽을지언정 왜적 치하에서 노예가 되어 생명을 구차히 도모한다면 이는 어찌 짐승과 다르겠는가?"

이회영은 "이것(망명)이 대한 민족된 신분이요, 또 왜적과 혈투하시던 백사(白沙: 이항복) 공의 후손된 도리라고 생각한다. 여러 형님·아우님은 나의 뜻을 따라 주시기를 바라노라"라고 설득했다.

공신의 후예라는 말을 한 것은 이회영의 형제가 임진왜란 때 호종 1등 공신이었던 백사 이항복의 직계 후손이었기 때문이다. 10대조인 이항복을 비롯해서 이회영의 선조들 중에는 영조 때 영의정을 지낸 이광좌와 이종성, 고종 때 영의정을 지낸 이유원 등 여섯 명의 정승과 두 명의 대제학이 있었다. 당파로는 야당인 소론이면서 노론이 계속 집권했던 조선 후기에도 살아남은 집안이었다. 노론과 소론의 공존을 추구하는 탕평이 가문의 일관된 정치 노선이었다.

이회영의 부친인 이유승도 이조판서와 우찬성 등을 역임했으며 모친 역시 이조판서를 지낸 정순조의 딸이다. 그의 가문은  삼한에서 으뜸가는 집안이라는 뜻의 '삼한갑족(三韓甲族)'으로 불렸다.

이회영은 6형제 중 넷째로서 위로는 건영·석영·철영이 있었고 아래로는 시영(초대 부통령)·호영이 있었다. 두 살 아래의 시영은 스물두 살 때 임금의 비서인 우승지를 지냈고 서른일곱 살 때는 종2품 요직인 평안도 관찰사를 거쳐 한성재판소장도 역임했다. 그러나 그도 모든 기득권을 버리고 망명길을 선택했다. 그의 집안은 탕평을 추구했지만 소론의 정체성을 버리지는 않았다. 서인이 숙종 8년(1682) 소론과 노론으로 갈린 후 240여 년이란 장구한 세월을 대부분 야당으로 지내면서도 세상이 더욱 나은 방향으로 바뀌기를 바라는 개혁 성향을 지니고 있었다. 그래서 새로운 사상이나 문물의 수용을 주저하지 않았다. 그중에서도 이회영은 새로운 문물의 수용에 가장 적극적으로 앞장섰다.

## 인습을 깨고

대한제국 시절 이회영은 개화파의 맹장(猛將)이었다. 이회영은 첫 부인인 달성 서씨와 사별한 후 한산 이씨 은숙(恩淑) 여사와 재혼하는데 '가슴에 품은 뜻 하늘에 사무쳐'라는 부제가 붙은 이 여사의 자서전인 『서간도시종기』에는 "1908년 10월 20일 상동 예배당에서 우당과의 혼례를 치렀다."라고 쓰여 있다. 대한제국 시절인 1908년 삼한갑족 출신 이회영의 재혼 장소가 예배당이라는 것 자체가 화제이자 논란거리였다. 그는 유교적 인습이 나라를 망하게 하는 주요인이라고 생각했으므로 이에 구애받지 않았다. 훗날 이회영이 지휘한 항일 직접행동 조직인 다물단(多勿團)의 단원이었던 권오돈은 이렇게 회상했다.

"집안에 거느리고 있던 종들을 자유민으로 풀어놓기도 했고, 남의 집 종들에게는 터무니없게도 경어를 썼다. 당시의 양반들이나 판서의 집안으로서 이것은 상상할 수도 없는 '당치 않은 짓'이었다."

이회영은 또한 홀몸이 된 누이동생을 재가시켰는데 이에 대해 이증복은 "평민과 다른 명문 재상가의 집으로 감히 생각조차 할 수 없는 일이어서 많은 시비도 들었다"라고 회상하고 있다. 이회영은 여동생을 죽은 것처럼 거짓 장례까지 치른 후에야 개가시킬 수 있었다. 권오돈은 "우당(友堂: 이회영)의 머릿속에는 적어도 '인간은 평등하다'는 인권 사상이 자라고 있었다"라면서, "그의 인격 속에 자라고 있던 평등사상은 어떤 형식적인 체계를 가진 탁상공론이 아니라 이회영 자신의 혁명적 기질이 실제 행동으로 폭발하는 것이었다"라고 분석했다.

이회영이 결혼식을 올린 서울 남대문로 상동교회는 구한말 개화파 독립운동의 요람이었다. 상동교회는 1889년 미국 감리교 목사이자 의사였던 스크랜턴(W. B. Scranton)이 설립했는데, 그는 예일대와 뉴욕의과대학을 졸업

하고 의료선교사로 한국에 파견된 인물이었다. 그가 세운 병원에 고종은 시병원(施病院)이란 이름을 지어주고 왕립병원처럼 여겼다. 스크랜턴은 1907년 일본 선교를 떠났는데 그의 후임으로 상동교회의 담임목사가 된 인물이 전덕기(1875~1914)였다. 조실부모한 전덕기는 숙부와 함께 남대문에서 숯장수를 하다가 스크랜튼을 만나 목회자의 길로 들어섰다. 그는 목사이자 독립운동가였는데 그는 실천적 목회를 통해 많은 독립지사를 기독교로 개종시켰다. 이회영이 상동교회에서 결혼식을 올린 것도 독립운동의 요람이기 때문이었다. 부인 이은숙은 이렇게 회고하고 있다.

"우당장(友堂丈: 이회영)은 남대문 상동 청년학원의 학감(學監)으로 근무하시니, 그 학교 선생은 전덕기·김진호·이용태·이동녕 씨 등 다섯 분이다. 이들은 비밀 독립운동 최초의 발기인이시니, 팔도의 운동자들에겐 상동 학교가 기관소(機關所)가 되었다고 해도 과언이 아닐지라."

'비밀독립운동'은 신민회를 뜻하는데 이회영은 겉으로 상동교회에 다니면서 속으로는 항일 비밀결사인 신민회를 주도했다. 신민회는 집단망명해서 독립운동기지를 건설하고 무관학교를 설치해 군사를 기른 후 결정적 시기에 일제를 내쫓고 나라를 되찾는다는 '국외 독립운동기지 건설' 노선을 갖고 있었다. 신민회의 이런 의결에 따라 1910년 8월 하순 이회영 일행은 만주로 건너가서 독립운동기지와 무관학교 기지를 물색하고 돌아온 것이다.

전 일가가 망명하기로 했으니 재산을 급히 팔아야 했다. 이은숙의 자서전을 보자.

"여러 형제분이 일시에 합력하여 만주로 갈 준비를 하였다. 비밀리에 전답과 가옥·부동산을 방매(放賣: 내다 팖)하는데 여러 집이 일시에 방매하느라 이 얼마나 극난하리오. 그때만 해도 여러 형제 집이 예전 대가(大家)의 범절로 남종 여비가 무수하여 하속(下屬)의 입을 막을 수 없는 데다 한편 조사는 심했다."

급하게 팔다 보니 제값을 받을 수 없는 것은 당연했다. 그럼에도 이회영과 그의 형제는 가산을 정리해 거금 40만 원을 마련했다. 당시 쌀 한 섬이 3원 정도였는데 이를 2000년경의 쌀값으로 단순 계산을 하면 600억 원 정도 된다. 현재 쌀값이 당시보다 싸기 때문에 지금 가치로는 600억 이상이라고 보아야 할 것이다. 우당 형제 일가가 이런 거금을 마련할 수 있었던 데에는 둘째 형 석영의 동참이 결정적이었다. 이석영은 조선에서 손가락으로 꼽히는 부자였다. 이석영도 과거에 급제해 승지로서 고종을 보필하기도 했지만 1894년의 갑오경장 이후 벼슬을 그만두고 지금의 남양주 세거지에 은거했다. 그가 거부가 된 것은 고종 때 영의정 이유원의 양자로 출계(出系)했기 때문이다. 이유원은 고종 초에 좌의정에 올랐으나 대원군과 반목해 고종 2년(1865) 수원유수로 좌천되기도 했다가 고종 10년(1873) 최익현의 대원군 비판 상소로 대원군이 실각하자 곧 영의정이 되었다. 이 때문에 그는 대원군의 정적으로 꼽혔는데 벼슬도 벼슬이지만 재산이 엄청나게 많았다. 이유원이 고종 25년(1888) 세상을 떠난 후 막대한 재산은 이석영에게 돌아갔는데 동생 이회영의 설득에 선뜻 동참해 전 재산을 독립운동에 내놓았다.

신민회는 압록강 대안에 이선구에게 주막을 운영하게 했고, 이회영 일가가 그랬던 것처럼 일제의 눈을 피해 압록강 건너편으로 실어 날랐다. 이선구는 1929년 군자금을 마련하기 위해 최양옥·김정련 등과 망우리(忘憂里)에서 총독부 우편차를 습격하다가 체포되어 옥사했다.

이회영 일가는 압록강 대안 안동(安東: 오늘날의 단동)에서 며칠을 보낸 후 1911년 정월 9일 마차 십여 대에 나누어 타고 횡도촌(橫道村)으로 향했다. 여자들은 마차 안에 타고 남자들은 스스로 말을 몰아 영하 20~30도 아래로 떨어지는 추위를 무릅쓰고 북으로 달렸다. 이은숙은 이 광경을 생생히 증언한다.

"우당장은 말을 자견(自牽: 스스로 고삐를 쥠)하여 타고 차와 같이 강판에서 속력을 놓아 풍우(風雨)같이 달리신다. 나는 차 안에서 혹 얼음판에 실수하실까 조심되었고, 지독하게 추운 날씨에 6~7일 동안 좁은 차 속에서 고행하던 이야기들을 어찌 다 적으리오."

고국을 등지고 북으로 향하는 망명객의 살갗을 대륙의 찬바람이 찔렀다. 월남 이상재(李商在)는 이들의 집단이주 소식을 듣고 이렇게 평했다.

"동서 역사상 나라가 망한 때 나라를 떠난 충신 의사가 수백 · 수천에 그치지 않는다. 그러나 우당 일가족처럼 6형제 가족 40여 명이 한마음으로 결의하고 나라를 떠난 일은 전무후무한 것이다. 장하다! 우당의 형제는 참으로 그 형에 그 동생이라 할 만하다. 6형제의 절의는 참으로 백세청풍(百世淸風)이 될 것이니 우리 동포의 가장 좋은 모범이 되리라."

그러나 '참으로 장한' '백세청풍'의 만주길 앞에는 헤아리기 어려운 운명이 기다리고 있었다.

## 2. 전국 단위의 집단망명

### 강화학파의 집단망명

이보다 이른 1910년 9월 24일 강화도의 이건승도 망명길에 나섰다. 이건승의 집안은 2대 임금 정종의 왕자 덕천군(德泉君)의 후손들이었다. 이건승의 할아버지 이시원은 문과 급제 후 정2품 정헌대부(正憲大夫)까지 올랐는데 고종 3년(1866) 프랑스 함대가 강화도를 점령하는 병인양요가 발발하자 78세의 고령으로 자결했다. 강토가 남의 손에 더럽혀지는 것을 두고 볼 수 없다는 뜻이었다. 이건승은 강화 승천포 나루에서 배를 타고 개경으로 올라갔다. 개경에 사는 전 홍문관 시강(侍講) 왕성순의 집에서 진천에 사는 홍승헌의 도착을 기다렸다. 홍승헌은 선조의 부마인 영안위(永安尉) 홍주원의 후손으로 그 자신도 사헌부 대사헌을 거친 벼슬아치 출신이었다. 이건승은 홍승헌과 함께 만주로 망명하기로 약조가 되어 있었다.

만주에는 이미 정원하가 망명해 있었다. 정원하는 정제두(1649~1736)의 7대 장손이었다. 정제두는 조선 후기에 집권 이단으로 몰렸던 양명학자인데 그가 61세 때인 숙종 35년(1709) 강화도로 이주해 양명학자를 자처하면서 강화도는 조선 양명학자들의 반향(班鄕)이 되었다. 정원하도 승지와 사간원 대사간을 지낸 벼슬아치 출신인데 나라가 망하니 일찍이 망명한 것이었다. 정원하와 홍승헌의 선조들인 정기석과 홍익주가 진천에 터를 잡으면서 진천도 강화도와 함께 양명학의 주요한 근거지이자 소론 반향(班鄕)이 되었다. 헤이그 밀사 사건의 주역 이상설이 진천 출신인 것과 이건방의 문인 정인보가 한때 진천에 자리 잡은 이유도 양명학자들이기 때문이다.

1910년 10월 초하루 진천의 홍승헌이 개성에 있는 왕원초의 집에 당도하자 이튿날 두 선비는 개성 성서역에서 북행 열차에 몸을 실었다. 이건방, 왕원초, 이건승의 조카

이범하가 두 사람을 전송했는데 이건방도 망명을 원했지만 모두 망명하면 '이 학문', 즉 양명학은 누가 계승·전수하겠느냐고 만류하자 남기로 했다. 이건방의 제자가 일제강점기에 식민사학과 맞서 싸우던 양명학자 정인보였고, 「기미독립선언서」를 쓴 최남선이었다.

이건승과 홍승헌은 10월 3일 밤 신의주에 도착해 신의주 사막촌(四幕村)에 몸을 숨기고 강물이 얼기를 기다렸다가 12월 초 하루 새벽 중국인이 끄는 썰매에 몸을 싣고 압록강을 건넜다. 이건승, 홍승헌은 12월 7일 유하현 횡도촌에 도착해 먼저 망명한 정원하를 만나 회포를 풀었다.

## 안동 이상룡 일가의 망명

1911년 1월 5일. 안동의 이상룡(1858~1932)도 망명길에 나섰다. 이상룡도 우당 이회영 일가와 사전 협의 끝에 떠나는 망명길이었다. 이상룡의 손자며느리 허은 여사는 구술 자서전인『아직도 내 귀엔 서간도 바람소리가』에서 이상룡이 이회영·이시영과 긴밀한 관계를 맺고 있다가 "합방이 되자 이동녕 씨, 그리고 우리 시할아버님(이상룡)과 의논하여 만주로 망명하기로 했다."라고 전하고 있다. 허은 여사는 1908년 13도 의병 연합부대의 군사장이었던 허위(1855~1908)의 집안 손녀였다. 허위는 지금의 대법원장 격인 평리원 재판장(平理院裁判長)을 지냈으나 의병을 일으켰다가 1908년 일제 헌병에게 체포되어 10월

21일 서대문 감옥에서 순국했다.

이회영 일가나 강화도·진천의 양명학자들이 소론이라면 이상룡은 남인 가문인데 그 또한 양명학에 깊게 공감했다. 조선 후기 노론에 의해 이단으로 몰렸던 양명학자들이 나라가 망하자 지배층의 노블레스 오블리주를 실천하기 위해 집단망명을 단행한 것이다.

경의선 열차를 타고 신의주에 먼저 도착한 이상룡은 1911년 1월 25일 신의주역에서 뒤따라 도착한 가족들을 만났다. 이상룡 일가는 1월 27일 발거(跋車: 썰매수레)를 타고 압록강을 건넜는데, 이상룡은 「강을 건너며」라는 시에서 "이 머리는 차라리 자를 수 있지만/이 무릎을 꿇어 종이 될 수는 없도다(此頭寧可斫/此膝不可奴)"라고 읊조렸다.

이상룡 일가도 이회영 일가 못지않은 숱한 고생 끝에 1911년 2월 7일 횡도촌에 도착했다. 횡도촌에는 먼저 망명한 처남 김대락(1845~1914)이 기다리고 있었다. 김대락이 먼저 망명한 이유는 손자며느리의 산달이 가까웠기 때문이었다. 식민지 땅에서 증손자를 낳을 수 없다는 뜻이었다. 만주에서 두 증손자를 낳자 아명을 쾌당(快唐)과 기몽(麒夢)으로 지었다. 쾌당은 식민지가 아닌 땅에서 태어나서 통쾌하다는 뜻이고, 기몽은 고구려 시조 주몽의 땅에서 태어났다는 뜻이었다. 안동의 평해 황씨 황호(1850~1932) 일문과 의성 김씨 김동삼(1878~1937) 일가도 집단망명에 가담했다. 강화도, 서울, 진천, 안동에서 망명한 사대부들은 모두 유하현 횡초촌에서 만났다. 이 작은 마을에서 망한 나라를 되살리는 싹이 텄다.

# 2장

# 왕조에서 공화국으로

## 1. 매국의 대가로 작위와 은사금을 받은 자들

### 76명의 작위 수여자

『조선총독부 관보(官報)』는 1910년 10월 7일 76명의 한국인들에게 작위와 은사금을 내려주었다고 말하고 있다. 일본 귀족처럼 공(公)·후(侯)·백(伯)·자(子)·남(男)작의 작위를 수여하고 돈도 주었다는 것이다. 비록 군사적 점령이지만 이들 매국 사대부들의 도움이 없었다면 그리 쉽게 대한제국을 병탄할 수는 없었을 것이다. 점령 후에도 이들을 제국 통치의 매개로 삼아야 하기 때문에 작위와 은사금을 준 것이다.

나라가 망하자 한편에서는 자결하고 또 다른 한편에서는 집단으로 망명했다. 반면에 망국의 대가로 작위와 은

사금을 받고 희희낙락하는 부류들이 있었다. 76명의 출신 계급과 소속 당파를 분석하다 보면 가지가 큰 흐름이 발견된다. 하나는 왕실에서 나라를 팔아먹는 데 앞장섰다는 사실이다. 가장 높은 후작에 선임된 이재완·이재각·이해창·이해승은 모두 왕족 출신이며 역시 후작에 선임된 윤택영은 순종비 윤씨의 친정아버지였다. 윤덕영은 윤택영의 형이었고, 후작 박영효는 철종의 사위 금릉위(錦陵尉)였다. 왕실의 일원이자 외척으로서 나라를 팔아먹는 데 앞장 선 것이다.

또「수작자 명단」은「노론 당인 명단」이라고 해도 과언이 아닐 정도로 거의 노론 일색이었다. 76명의 수작자 중에서 소속 당파를 알 수 있는 당인들은 64명 정도인데 남인은 없고 북인 2명, 소론 6명이고 나머지 56명이 모두 노론이다. 물론 작위를 거부한 노론 인사들도 일부 있었다. 김석진처럼 음독자살하거나 의친왕의 장인 김사준이나 김가진처럼 독립운동에 가담해 작위가 박탈된 노론 인사들도 있었다. 이용태, 조동희, 김윤식처럼 3·1운동에 동조했다가 작위가 박탈된 인물도 있고, 민영달·유길준·

한규설·윤용구·홍순형·조경호·조정구처럼 훗날 작위를 거부한 노론 인사들도 있었다. 이들을 제외해도 노론이 절대 다수인「수작자 명단」은 대한제국이 멸망할 수밖에 없는 지배구조를 갖고 있었음을 말해준다.

일제는 '합방공로작'을 수여한 다음 날에 1천7백여 만 원의 임시은사금을 각 지방장관에게 내려 양반, 유생들에 대한 지원 자금으로 사용하게 하고 친임관(親任官)이나 칙임관(勅任官) 등의 고위직에 있는 자들에게도 막대한 액수의 '은사공채(恩賜公債)'를 하사했다. 귀족 작위에 돈까지 받은 이들은 희희낙락했다.

## 2. 민주공화제의 깃발

### 경학사를 설립하다

집권 노론의 대다수가 망국에 가담했던 때 발생한 이회영 일가와 전국 각지 명문가들의 집단망명은 일제에 큰 충격을 주었다. 임시정부 고문을 지낸 김가진의 며느리이자 독립운동가였던 정정화 여사는 자서전 『장강일기(長江日記)』에서 "일본은 당시 독립운동에 귀족은 참여하지 않고 있다는 주장을 대외에 내세웠었다"라고 말했다. 독립운동은 양반이 아닌 '상놈'들이나 하는 행위라는 비하였으나 이런 선전을 단번에 깬 것이 전국 각지 사대부들의 집단망명이었다.

이회영 일가는 횡도촌에서 그리 멀지 않은 유하현(柳

河縣) 삼원보(三源堡) 추가가(鄒家街)로 옮겼다. 이곳이 남만주 답사 때 무관학교 설립의 적지로 점찍었던 곳이기 때문이다. 추지가(鄒之街)라고도 불리는 이유는 추씨들이 집단 거주하기 때문이었다. 마을 뒤에는 약 6백여 미터 높이의 대고산(大孤山)과 소고산(小孤山)이 있고, 그 뒤에도 산들이 연이어 있어서 유사시 대피하기에 좋은 지역이었다.

이회영 일가가 이주한 후 많은 교포가 뒤따르면서 추가가 일대는 한인촌처럼 바뀌었다. 그러자 현지의 중국인들이 이주 동기를 의심했다. 추씨들은 이회영 일가를 유하현 당국에 고발하고 종회(宗會)를 열어 "한국인들과 토지나 가옥의 매매를 하는 것을 일체 거부하고, 한국인들의 가옥 건축이나 학교 시설도 역시 금지하며, 한국인과의 교제까지도 금지한다"라고 결의했다. 그 영향으로 중국 군경 수백여 명이 이회영의 숙소를 급습해 조사하기도 했다. 이회영이 일제의 첩자가 아니라 독립운동을 하러 왔음을 알리자 그냥 돌아갔으나 그 후에도 가옥과 전답은 살 수 없어 어려움이 계속되었다. 첫발부터 복병을 만난 것이었다.

좌절하고 있을 수만은 없었다. 이회영과 이동녕, 이상룡 등 집단 이주자들은 1911년 4월 대고산에서 수백여 명의 이주 한인을 모아 노천 군중대회를 열고, 자치조직 경학사(耕學社)를 조직했다. 경학사 사장에는 이상룡이 추대되었고 내무부장에 이회영, 농무부장에 장유순, 재무부장에 이동녕, 교무부장에 유인식이 선출되었다.

경학사는 일제가 신민회 사건 판결문에서 "서간도에 단체적 이주를 기도하고…… 민단을 일으키고 학교 및 교회를 설립하고 나아가 무관학교를 설립하고 교육을 시행해 기회를 타서 독립전쟁을 일으켜서 구한국의 국권을 회복하고자 한다"라고 적시한 것처럼 신민회의 국외 독립운동기지 건설 방침에 따라 건설한 것이었다.

경학사는 낮에는 농사를 짓는 '개농주의(皆農主義)'와 밤에는 공부하는 '주경야독(晝耕夜讀)'을 표방했다. 군중대회에서는 또 결의문을 채택했는데 그중에는 "기성 군인과 군관을 재훈련하여 기간 간부로 삼고 애국청년을 수용하여 국가의 동량인재를 육성한다"라는 내용이 들어 있었다. "아아! 사랑할 것은 한국이요, 슬픈 것은 한민족이로구나"로 시작하는 「경학사취지서」를 발표했는데 부여와 고구려의 옛 땅에 모인 후손들이 나라를 되찾겠다는 의지를 표명했다. 「경학사취지서」는 "아! 우리 집단을 지키는 것은 곧 우리 민족을 지키는 것이오. 우리 경학사를 사랑하는 것은 곧 우리 국가를 사랑하는 것이라."라고 말했다. 노천 군중대회에서 경학사를 만들었다는 사실이 한인 망명자들이 민주공화제를 지향하고 있음을 보여주는 것이었다.

## 신흥무관학교를 설립하다

경학사의 건설을 마친 이들은 무관학교 설립을 서둘렀다. 이들이 부여와 고구려의 고토를 찾은 이유가 독립군을 양성해 나라를 되찾기 위한 것이었다. 이회영·이동녕·이상룡 등은 중국인의 옥수수 창고를 빌려 개교식을 강행했다. 이 학교의 졸업생이자 교관이었던 원병상(元秉常)은, "(신흥강습소는) 1911년 봄(음력 5월경)에 이역 황야의 신산한 곁방살이에서나마 구국사업으로 일면 생취(生聚: 백성을 기르고 재물을 모음), 일면 교육이라는 두 가지 과제를 내걸고 출발하였다."라고 회고하고 있다. 신흥강습소의 초대 교장은 이동녕이 맡았는데, 학교 명칭은 신민회(新民會)의 '신(新)' 자와 다시 일어나는 구국 투쟁이라는 뜻의 '흥(興)' 자를 붙여 지은 것이었다. 어렵게 문을 연 신흥강습소는 중국인들이 협조하지 않아 많은 어려움을 겪었다. 무관학교가 아니라 강습소라 한 이유도 중국인들의 의혹을 피하기 위한 고육책이었다.

이회영은 중국인들의 방해를 정면으로 돌파하기 위해 심양으로 향했다. 동삼성(東三省) 총독 조이풍(趙爾豊)을 만나 문제를 해결하려는 뜻이었다. 그러나 조이풍은 조선에서 온 망명객에게 아무런 관심도 보이지 않았다.

이회영은 이에 굴하지 않고 북경으로 향했다. 중국 총리대신 원세개(袁世凱)를 만나기로 한 것이다. 지방 총독도 면담을 거부하는데 총리를 면담하겠다는 것이니 누가 봐도 무모했다. 그러나 이회영은 원세개와의 면담에 성공했다.

원세개는 1882년의 임오군란 때 북양(北洋)함대의 제독인 정여창(丁汝昌)이 이끄는 청군(淸軍)의 일원으로 조선에 온 적이 있었다. 고종을 알현할 때도 기립하지 않아 많은 비난을 받기도 했지만 이때 이회영의 부친 이유승과 친교를 맺었다. 원세개는 일제에 빼앗긴 한국에 큰 애착을 느끼고 있었으므로 이회영에게 적극적인 협조를 약속하고 비서 호명신(胡明臣)을 대동시켜 동삼성 총독을 방문하게 했다. 원세개의 친서를 받은 동삼성 총독은 자신의 비서 조세웅(趙世雄)을 이회영에게 딸려 보냈고, 회인(懷仁)·통화(通化)·유하(柳河)의 세 현장에게 명령을 내렸다. 총리대신의 의지가 실린 동삼성 총독의 명령을 받은 세 현장은 "한국인과 친선을 도모하고, 한국인들의 사업에 협력할 것이며, 분쟁이나 불화를 야기하면 처벌하겠다"라는 내용의 동삼성 총독의 훈시를 게시하였다.

훈시문이 게재되자 이은숙의 회고대로 "3성의 현수(縣守)들이 눈이 휘둥그레져서 이후로는 한국인을 두려워하여 잘 바라보지도 못하"게 되었다. 이회영은 호명신과 결의형제까지 맺게 되었는데, 그가 추씨들은 땅을 팔기를 싫어하니 다른 지역의 토지를 구입하는 것이 어떠냐고 권했다.

호명신의 권유에 따라 옮기게 된 곳이 합니하(哈泥河) 강가의 근처였다. 현재 광화(光華)라는 이름으로 바뀐 합니하는 추가가보다 훨씬 험한 요지로서 파저강(波豬江)

상류 합니하 강물이 반원을 그리며 압록강을 향해 흘렀다. 이석영은 거금을 쾌척해 이 일대의 토지를 사들였고, 1912년 음력 3월에 학교 신축 공사를 시작했다. 모든 공사는 교사와 학생들의 손으로 수행되었다. 원병상은 "삽과 괭이로 고원 지대를 평지로 만들어야 했고, 내왕 20리나 되는 좁은 산길 요가구 험한 산턱 돌산을 파 뒤져 어깨와 등으로 날라야만 되는 중노역"이었지만 즐겁게 노동했다고 전한다. 같은 해 음력 6월 새로운 교사가 완성되어 100여 명의 이주민은 낙성식의 기쁨을 함께할 수 있었다.

신흥무관학교는 본과와 특별과가 있었는데 본과는 4년제 중학 과정이었고, 6개월 과정, 3개월 과정의 속성과는 무관을 양성하기 위한 특별과였다. 생도들은 내무반에서 생활했는데 내무반 낭하에는 생도들 성명이 부착된 총가(銃架)가 별도로 설치되었다. 님 웨일즈(Nym Wales)의 『아리랑(Song of Arirang)』에는 이 학교에 대한 김산(본명 장지락)의 생생한 목격담이 나온다.

「마침내 목적지에 도착하였다-합니하에 있는 대한독

립군 군관학교. 이 학교는 신흥학교라 불렸다……. 학교는 산속에 있었으며 열여덟 개의 교실로 나뉘어 있었는데 비밀을 지키기 위하여 산허리를 따라서 줄지어 있었다. 열여덟 살에서 서른 살까지의 학생들이 백 명 가까이 입학하였다……. 새벽 네 시에 학과가 시작되었으며, 밤 아홉 시에 취침하였다. 우리는 군대 전술을 공부하였고 총기를 가지고 훈련받았다. 그렇지만 가장 엄격하게 요구되었던 것은 산을 재빨리 올라갈 수 있는 능력이었다-게릴라 전술…… 한국의 지세, 특히 북한의 지리에 관해서는 아주 주의 깊게 연구하였다-'그날'을 위하여. 나는 방과 후에 국사를 열심히 파고들었다.」

새벽 기상나팔 소리에 윤기섭(尹琦燮) 교감의 선도로 전교생이 체조를 하고, 아침 식사 후 조례에 나가 "화려강산 동반도는/우리 본국이요/품질 좋은 단군 자손/우리 국민일세/(후렴)무궁화 삼천리/화려강산/우리나라 우리들이/길이 보존하세"라는 애국가를 불러 뜨거운 눈물이 흐르게 했다. 또한 "요동 만주 넓은 뜰을 쳐서 파하고/여진국을 토멸하고 개국하옵신/동명왕과 이지란의 용진법대로/우리들도 그와 같이 원수 쳐보세"라는 내용의 '독립군 용진가'를 불러 사기를 북돋았다.

그러나 무관학교 운영에는 막대한 경비가 들기 마련이어서 곧 어려움에 처했다. 그중에서도 식량 부족 문제가 가장 컸다. 당초 신민부는 해외 독립운동기지와 무관학교의 설립을 계획하면서 평북의 이승훈 15만 원, 경기의 양기탁 20만 원 등 평북·평남·황해·강원·경기 등 5도에서 총 75만 원을 모금해 전달하기로 하였다. 그러나 1911년 9월의 '데라우치 총독 암살 음모 사건'으로 주요 간부 700여 명이 검거되고 105인이 실형을 선고받으면서 사실상 해체되는 바람에 자금이 올 수 없었다. 원병상은 이렇게 회고했다.

"주식물이라고는 부유층 토인들이 이삼십 년씩 창고 안에 저장해 두어 자체의 열도에 뜨고 좀먹은 좁쌀이었는데, 솥뚜껑을 열면 코를 찌르는, 쉰 냄새가 날뿐만 아니라… 부식이라고는 콩기름에 저린 콩장 한 가지뿐이었다."

그러나 굶지 않는 것을 다행으로 여기면서 화기애애하게 식사했다는 것이다.

학교 경영이 점차 어려워지자 중국인의 산황지(山荒地)를 빌려 밭을 일구었다. 일과가 끝나면 학생들은 편대를 지어 조별로 산비탈에 달라붙어 땀을 흘리며 괭이질을 했다. 억센 풀뿌리를 파헤쳐 밭을 만들고 옥수수와 콩·수수 등을 파종해 거두어들였다. 학교 건너편의 낙천동(樂天洞)이라는 산턱에서 허리까지 차는 적설을 헤치며 나무를 끌어내리고 등으로 나무토막을 져다가 땔감으로 사용해 겨울을 났다. 힘든 노동에도 아무 불평이 없는 것은 물론 이극 교관의 함경도 사투리 섞인 산타령에 장단을 맞추어 즐겁게 일했다.

이런 노력에도 불구하고 학교 사정은 나아지지 않았다. 개교한 1911년부터 1913년까지 매년 가뭄, 서리와 같은 천재가 거듭되었다. 게다가 고국에서는 볼 수 없던 수토병(水土病)이 번져 의병장 허위의 형인 허겸의 처조카가 죽었으며, 이시영의 아들이자 신흥학교 교사였던 이규봉 남매도 병으로 죽고 말았다. 허은 여사의 『아직도 내 귀엔 서간도 바람 소리가』에는 수토병에 대한 이야기가 적나라하게 실려 있다.

"그 해 오뉴월이 되자 동네 사람들이 모두 발병했는데 '수토병'이라고도 하고 '만주열'이라고도 했다. 물 때문에 생긴 전염병 같았다……. 성산(性山: 왕산 허위의 형 허겸)의 처조카인 송병기도 이때 수망했고 권팔도 네도 하나밖에 없는 애기를 잃었다. 애 어른 할 것 없이 많이 죽었다……. 망명온 댓바람에 겪은 일이라 모두들 당황했다."

석주 이상룡의 며느리 이해동 여사도 자서전『만주 생활 칠십 년』에서 "이 풍토병은 우리 집 식구 세 명의 목숨을 앗아갔다"라고 말하고 있다. 이때는 몰랐지만 만주 지역에 콜레라가 크게 유행하고 있었다. 망명 초기의 천재(天災)에 모두 망연자실했지만 넋 놓고 있을 수만은 없었다.

그러나 신흥무관학교는 온갖 난관을 무릅쓰고 전문 군사훈련을 시켰고, 군사훈련 못지않게 국사 교육을 철저하게 했다. 이상룡이 지은『대동역사(大東歷史)』가 교재였는데, 만주를 단군의 옛 강역으로 기술한 사서(史書)였다.

석주 이상룡의 「서사록(西徙錄)」에는 독립운동가들의 역사관이 나온다. 이상룡은 단군조선 → 부여 → 고구려 → 발해로 이어지는 대륙 중심의 역사관을 갖고 있었다. 정신적으로 대륙사관으로 무장하고, 육체적으로 군사훈련으로 무장한 독립전사를 배출하는 곳이 신흥무관학교였다. 이철영, 이동녕, 이상룡, 여준, 이광 등이 교장을 지낸 신흥무관학교는 1911년 12월 김연·변영태·이규봉·성주식 등 40여 명의 청년을 특기생으로 배출한 것을 비롯해 1919년 11월 안도현 삼림 지역으로 이동할 때까지 3,500여 명의 졸업생을 배출했다.

우리 독립운동사상 최대의 성과인 청산리대첩은 신흥무관학교가 없었다면 불가능했을지도 모른다. 1920년 10월 21일부터 26일까지 6일간 계속된 전투에서 일본군 1,200여 명을 사살해 일제를 경악하게 만든 청산리대첩에는 신흥무관학교 출신들이 대거 가담했다. 승첩을 이끌었던 부대는 김좌진 장군의 북로군정서와 홍범도 장군의 대한독립군이었다. 김좌진의 북로군정서 사관양성소에서 신흥무관학교 졸업생의 파견을 요청하자 김춘식·

오상세·박영희·백종렬·강화린·최해·이운강 등을 교관으로 파견했다. 이들이 훈련한 독립군들이 청산리대첩을 승리로 이끈 주역들이었다. 청산리대첩에서 박영희는 김좌진 장군의 부관으로, 강화린은 제1중대장 서리로, 오상세는 제4중대장으로, 그밖에도 백종렬, 김훈 등이 장교로서 전투를 승리로 이끌었다. 이들 훈련받은 장교들이 있었기에 일제의 정규군을 상대로 승전할 수 있었던 것이다.

서간도 지역의 무장 독립군인 서로군정서(西路軍政署)에는 더욱 많은 신흥무관학교 출신이 있었다. 김학규·백광운·오광선 등 서로군정서와 임시정부 산하의 광복군 간부로 활약한 이들도 신흥무관학교 출신이었다.

만주 지역에 있는 대한통의부·정의부·신민부·국민부 등의 무장 독립 단체에는 신흥학교 출신들이 빠지지 않았고, 의열단과 광복군처럼 국내와 중국 본토에서 벌어지는 무장 투쟁의 현장에는 반드시 신흥무관학교 졸업생들이 있었다.

# 3장

# 고종의 급서와
# 3·1혁명

# 1. 고종의 망명 기도와 급서

## 밀입국을 단행하다

이회영은 신흥무관학교의 발전을 지켜볼 수 없었다. 1913년 봄 수원 사람 맹보순이 일제가 형사대를 파견해 이회영을 비롯해서 이시영, 이동녕, 장유순, 김형선 등을 체포하거나 암살하려 한다는 정보를 전달했기 때문이다. 대책회의를 연 끝에 이상설이 있는 블라디보스톡으로 피신하자는 의견이 대세였으나 이회영은 거절했다.

"동지 여러분은 블라디보스톡으로 가서 몸을 보호하시오. 나는 고국에 돌아가서 자금을 구해오겠소."

고국으로 돌아가겠다는 말에 모두 놀라 말렸으나 이회영은 듣지 않았고, 이동녕이 감탄해서 말했다.

"옛날 중국 촉한(蜀漢)의 조자룡이 온몸이 모두 쓸개덩이라고 했는데, 오늘 보니 우당의 온몸이 모두 쓸개덩이로구나!"

홀로 행장을 꾸려 안동현에서 기차를 탔는데 다행히 서울역까지 무사히 올 수 있었다. 3년 만에 귀국한 이회영은 상동 청년학원 출신의 청년 윤복영의 집을 찾았다. 이후 이회영은 한 곳에 오래 머물지 않고 자주 옮겨 다녔으나 여러 동지를 만나 대책을 의논하는 과정에서 일제의 수사망에 포착되었다. 미쓰와(三輪)가 불시에 이회영에게 들이닥쳤다.

"선생이 가족을 이끌고 만주로 멀리 떠났다더니 이제 조선으로 다시 돌아온 것은 무엇 때문이요?"

이회영은 대비해 둔 말이 있었다.

"선영의 나무를 누가 함부로 베어 낸다는 소식을 듣고 조상의 산소에 성묘·배례도 하고 동기자매와 친척도 만나고자 겸사겸사 돌아왔다."

"언제 만주로 다시 갈 것인가?"

"아직 결정되지 않았다."

"만일 만주에 가게 되면 미리 알려 달라."

미쓰와는 이렇게 전하고 순순히 돌아갔다. 이회영은 의외라고 생각했으나 사실 일제로서는 트집 잡을 것이 없었다. 아무런 물증을 남기지 않은 터에 귀족 가문 출신을 함부로 고문할 수는 없었던 것이다. 사대부들은 독립운동 따위는 하지 않는다고 선전하던 일제로서는 굳이 이회영 사건을 크게 만들 필요가 없다고 판단했다.

이회영은 받은 서찰은 즉시 불태워버리고 태우지 않은 것은 땅속에 파묻어 감추었다. 대일항전기는 곧 전쟁기라고 생각했기 때문에 보안의식이 철저했다.

청년 동지였던 임경호와 관련한 일화가 있다. 1915년 여름에 이회영은 임경호를 블라디보스톡의 이상설에게 보냈는데, 여러 날 뒤에 돌아온 임경호는 이회영의 방에서 눈을 붙이려 하였다. 이회영이 "여관으로 가라"라고 떠밀자 임경호는 무정한 선생이라고 혼잣말을 하며 방을 나섰는데, 다음 날 새벽 일제 형사 대여섯 명이 이회영의 방을 덮쳤다. 형사들은 이회영을 종로경찰서로 끌고 가 심문했다.

"선생이 대고산 아래에 무관학교를 설립했다는데 무관을 양성하여 무엇을 하려는 것이오?"

"그것은 낭설이다."

"구한국의 해산 군대의 장교들이 모여 병서를 가르치고 전술을 훈련한다는 사실을 알고 있소."

"지금 국내의 각 학교에서 구한국군 장교들이 학생들에게 체육을 가르치지 않는가? 이와 같은 것이다."

그러자 형사들은 이상설에 대해 물었다. 이상설이 친구인 것은 워낙 유명했으므로 굳이 부인하지 않았다.

"이상설은 해외에서 무엇을 하오?"

"피차에 왕래도 하지 못하고, 서신도 끊어졌으니 그가 무슨 일을 하는지 나는 모른다."

만약 임경호가 이회영의 방에서 자다가 체포되었다면 일제는 가혹한 고문을 통해 이회영이 이상설과 계속 연락하고 있다는 사실을 자백받았을 것이다. 아무런 물증이 없으므로 일제는 3주일간 구류한 후 석방할 수밖에 없었다.

일제가 이회영과 이상설 간의 관계를 깊게 캐물은 것

은 1915년 발생한 '조선보안법 사건'과 관련되어 있었을 것이다. 이상설은 1914년 블라디보스톡에 대한광복군 정부를 세우고 이듬해 3월 상해에서 신한혁명단(新韓革命團)을 조직했다. 신한혁명단 본부장 이상설은 외교부장 성낙형을 국내로 몰래 보내 고종과 그 아들 의친왕(義親王) 이강을 망명시키려 했다. 그러나 망명이 성사되기 직전에 성낙형과 의친왕의 장인 김사준 등 다수의 관련자가 검거되면서 실패했는데 이것이 '조선보안법 사건'이다. 일제는 이를 사법비밀(司秘: 사비)로 감췄을 정도로 고종과 의친왕의 망명 기도에 큰 충격을 받았다. 일경이 이회영에게 이상설과의 관계를 집중적으로 물은 것은 조선보안법 사건과 관련되어 있었음을 시사해준다. 해외 망명과 헤이그 밀사 사건 등 중요한 사건을 항상 이회영과 함께 논의해서 추진했던 이상설이 고종의 망명을 기획하면서 이회영과 논의하지 않았을 이유는 없다. '조선보안법 사건'은 비록 실패했지만 이회영은 고종의 망명 계획을 포기하지 않았다.

## 고종 독살설

고종의 망명은 독립전쟁의 흐름을 바꿀 수 있는 대사건이 될 것이었다. 나라가 망할 때 양반 지배층은 고종이 개전 조칙을 내리지 않은 것을 일제와 싸우지 않는 명분으로 삼았다. 일본은 이른바 한일합방이 일본 황실과 한국 황실의 자유로운 의사와 합법적인 절차에 따른 것이라고 선전했다. 만약 고종이 망명해 자신의 재가가 없는 합방조약은 원천적으로 무효라고 선언하고 개전 조칙을 내릴 경우 양반 지배층들이 침묵만 하고 있을 수는 없었다. 농민들에 대한 지배력이 급속히 와해될 우려가 있었기 때문이다. 고종이 해외로 망명해 개전 조칙을 내린다면 전국적 봉기가 일어날 가능성이 컸다. 이회영이 고종의 망명 계획을 포기하지 않은 것은 이런 정치적 폭발성 때문이었다.

기회를 엿보던 이회영은 아들 규학의 신부례를 이용해 고종의 망명을 추진했다. 신부례 상대인 조계진은 조대비의 친족이자 고종의 조카딸이었다. 결혼 3년이 지난 1918년 11월에 신부례를 올린 이유가 바로 이 때문이었다. 이규학의 동생 규창이, "혼수를 다 궁내(宮內)서 준비하여서 궁내 나인이 우리 집으로 폐백 전일(前日)에 다 가져왔다"라고 회상할 정도로 신부례는 왕실과의 밀접한 관계를 바탕으로 진행되었다. 이때의 망명 계획에는 이회영·시영 형제와 이득년, 홍증식, 민영달, 조완구 등이 가담했다.

이회영이 고종의 시종 이교영을 통해 의사를 타진하자 고종은 선뜻 망명 계획을 승낙했다. 남작 작위 거부자였던 민영달은 고종이 찬성했다는 말을 듣자 "황제의 뜻이 그렇다면 분골쇄신하더라도 뒤를 따르겠소."라고 동조했다.

민영달은 거금 5만 원을 내놓았는데 이회영은 이 자금

으로 북경에 고종이 거처할 행궁을 구하게 하였다. 이회영은 1918년 말 민영달의 자금을 북경의 이시영에게 전달했다. 고종이 거처할 행궁을 임차하고 수리하도록 부탁한 것이었다. 자금이 마련되고 행궁 준비까지 구체화되어가던 고종의 망명 계획은 그러나 의외의 사태 때문에 성사되지 못했다. 고종이 급서한 것이다.

『순종실록』의 부록에 태왕(太王: 고종)의 와병 기록이 나오는 것은 1919년 1월 20일이다. 그러나 병명도 없이 태왕의 병이 깊어 동경(東京)에 있는 왕세자에게 전보로 알렸다고만 기록되어 있다. 그날 밤 고종 곁에서 숙직한 인물이 매국노 이완용과 자작 작위를 받은 이기용이었는데, 그다음 날 묘시(오전 6시)에 고종이 덕수궁 함녕전에서 승하했다고만 기록되어 있다. 승하한 날짜도 20일인지 21일인지 불분명하고, 이완용과 이기용이 고종에게 어떤 짓을 했는지도 알 수 없다.

일본은 고종의 승하 사실을 하루 동안 숨겼다가 발표했는데 발표 방식도 신문 호외를 통한 비공식적인 것이었다. 병명은 급서의 경우 갖다 붙이기 쉬운 뇌일혈이었다.

일제가 조선총독부 칙령 제9호로 "이태왕이 돌아가셨으므로 오늘부터 3일간 가무음곡을 중지한다"라고 결정한 것은 1월 27일이었다. 1주일이 지난 뒤에야 가무음곡을 중지한다는 칙령을 내려 뒷북을 치고 있는 것이다. 이 1주일 동안 무슨 일이 있었는지는 추측만 가능하다.

독립운동가들은 고종을 독살한 장본인으로 이왕직 장시국장이자 남작 작위를 받은 한창수와 시종관 한상학을 지목했다. 이종복은 1958년 12월『연합신문』에 1918년 12월 19일 밤에 두 한씨가 독약이 들어 있는 식혜를 올려 독살했다고 적고 있다.

고종 독살설은 단순한 설이 아니라 이완용, 이기용, 한창수, 윤덕영, 한상학 등의 실명이 거론될 만큼 구체성을 띠고 있었다. 이회영의 아들 규창은 자신의 자서전인『운명의 여진』을 통해 고종의 조카이기도 한 형수 조계진이 고종 사후 5일 후에 운현궁에 갔다가 "궁인(宮人)을 매수극비리에 식혜에 독약을 타서 절명했으며, 독약을 탄 궁인들은 행방불명됐다"라는 이야기를 들었다는 내용을 전하고 있다.

1892년부터 1934년까지 한국에서 선교 활동을 펼쳤던, 미국 북감리교의 마티 윌콕스 노블이 쓴 『3·1운동 그날의 기록』에는 "(황제에게) 서명을 강요하던 사람들은 앞으로 어떤 일이 생길까 두려워 전 황제를 독살하고 상궁들을 죽였다"라고 기록되어 있다.

고종의 급서에 모든 백성이 땅을 쳤지만 이회영의 충격은 더했다. 고종을 망명시켜 독립전쟁에 새 전기를 마련하려던 계획이 무산되었기 때문이다. 황제가 직접 망명정부를 수립한다면 자발적 합병이라는 일제 주장의 허위성이 만천하에 드러나면서 영국, 독일, 스페인 같은 군주국가들은 망명정부의 승인을 고민할 수밖에 없었다. 고종이 승하하자 이회영은 더 이상 국내에 남아 있을 이유가 없다고 판단하고 다시 떠나기로 결심했다. 이회영은 전처 소생의 장남 규룡을 데리고 북경으로 가면서 부인 이은숙에게, "인산(因山: 3월 1일 고종의 장례) 구경 가지 말고 대문을 단단히 걸고 있으라."라고 말했다고 전한다. 이회영은 고종의 국장 때 소요 사태가 일어날 것을 알고 있었다는 뜻이다. 이회영은 고종의 죽음으로 비탄에 빠진 조국을 다시 떠났다. 두 번째 망명이었다.

## 2. 임시정부와 북경파

### 임시정부를 둘러싼 파문

이회영의 예상대로 고종의 인산일에 거대한 만세시위가 벌어졌다. 3·1혁명에 고무된 독립운동가들은 상해에 모여 앞으로의 독립운동 노선을 두고 열띤 토론을 전개했다. 가장 많은 운동가가 선호한 것은 임시정부의 수립이었다. 그러나 이회영은 임시정부 수립에 반대했다. 이회영은 정부보다는 독립운동본부를 조직하자고 주장했다. 각 독립운동 조직이 중복이나 마찰 없이 독립전쟁을 전개할 수 있는 연락 체계를 갖추자는 것이었다. 이회영은 상해에서 임시의정원에 가담해 손정도, 이동녕, 조완구, 조소앙 등에게 정부가 아닌 독립운동 총본부를 조직해야 한다고 거듭 역설했다. 정부를 조직하면 지위와 권력을 다투는 분규가 끊이지 않게 될 것이라는 것도 반대의 이유였다.

그러자 이회영이 옛 황제를 다시 추대하려는 보황파(保皇派)이기 때문에 정부 조직을 반대하는 것이라고 비난하기도 했지만 그는 중앙집권적인 정부 수립보다는 각 운동단체의 자율성이 보장되는 운동단체 연합회의 결성을 시종 주장했다.

상해의 프랑스 조계 김신부로(金神父路)에서 개최된 임시의정원 회의는 곧 위기를 맞았다. 이승만이 내각책임제하의 국무총리로 천거되자 신채호 등이 강력하게 항의하고 나섰기 때문이다. 이승만이 미국에 한국의 위임통치를 청원했다는 사실이 알려지자 큰 소동이 일었다. 신채호는 이승만을 강하게 성토했다.

"미국에 위임통치를 청원한 이승만은 따지고 보면 이완용이나 송병준보다 더 큰 역적이다. 이완용은 있는 나라를 팔아먹었지만 이승만은 아직 나라를 찾기도 전에 팔아먹었다."

이때만 해도 신채호가 임시정부를 거부한 것은 아니었다. 그는 1919년 7월에 개최된 제5회 임시의정원 회의에서 충청도 의원으로 전원위원회(全院委員會) 위원장에 선임되었다. 그러나 그는 결국 임시정부를 떠나고 만다. 1919년 8월에 개최된 제6회 임시의정원 회의에서 여러 곳의 임시정부 통합을 추진하면서 이승만을 대통령으로 선출했기 때문이다.

임정은 출범할 때부터 전 독립운동가의 총의로 출발하지 못하고 이승만을 추대하는 세력과 거부하는 세력이 혼재된 상태였다. 이승만을 대통령으로 선출한 임정을 거부하는 독립운동가들은 상해를 떠나기 시작했는데 이회영도 그중의 한 명이었다.

이회영이 북경으로 돌아온 것은 1920년 3월경이었다. 이회영뿐만 아니라 임시의정원 의장 이동녕, 재무총장 이시영, 외무총장 박용만을 비롯해서 신채호, 조완구, 이광, 조성환, 김규식 등도 북경으로 돌아왔다. 이들 모두가 임정 반대자는 아니지만 이회영, 신채호, 박용만 등은 이승만과 임정을 반대하는 노선을 걸었고, 임정에 반대하는 북경파의 주요 성원이 되었다.

## 독립운동가의 단골 거처

이회영은 북경 자금성 북쪽 후고루원(後鼓樓園)의 한 가옥을 빌려 살았다. 북경에 온 독립운동가들에게는 일단 이회영의 거처에서 몇 달을 보낸 후 새로운 길을 찾아 나가는 것이 상례가 되었다. 북경에서 이회영과 함께 지낸 아들 규창은 "그 당시 국내에서 맘을 품은 인물, 즉 청년들은 중국 북경에 오면 반드시 나의 부친을 뵙게 되고 대체로 우리 집에 거주하게 된다"라고 회상했다. 이규창이 기억하는 사람들, 즉 북경의 이회영 집을 거쳐간 사람들을 적으면 그대로 한국 독립운동 인물사가 된다.

「김규식, 신채호, 김창숙, 안창호, 조소앙, 조성환, 박용만, 이천민(李天民), 김원봉, 이광, 송호성, 홍남표, 유석현, 어수갑, 유자명, 이을규, 이정규, 정화암, 김종진, 소완규, 임경호, 한진산, 이정열…….」

김규식, 김창숙, 안창호, 조소앙 등은 민족주의를 고수했으며, 홍남표, 성주식 등은 공산주의자가 되었다. 유자명, 이을규, 이정규, 정화암, 김종진 등은 아나키스트가 되었으니 한국 독립운동사의 3대 노선이 이회영의 북경 거처를 거쳐 나온 셈이었다. 김원봉, 유석현 등은 의열단원이었으니 북경의 이회영 거처는 무장 투쟁의 산실이기도 했다. 당시 이회영의 후고루원 거처에 함께 거주했던, 상록수의 시인 심훈의 수기가 있다.

「…… 나는 맨 처음 그 어른(이회영)에게로 소개를 받아서 북경으로 갔었다. 부모의 슬하를 떠나 보지 못하던 19세의 소년은 우당장과 그 어른의 영식(令息)인 규룡 씨의 친절한 접대를 받으며 월여(月餘)를 묵었었다.

조석(朝夕)으로 좋은 말씀도 많이 듣고 북만(北滿: 북만주)에서 고생하시던 이야기며 주먹이 불끈불끈 쥐어지는 소식도 거기서 들었는데 선생은 나를 막내아들만큼이나 귀여워해 주셨다. 이따금 쇠고기를 사다가 볶아 놓고 겸상을 해서 잡수시면서

"어서 먹어, 집 생각은 하지 말고."

하시다가도 내가 전골 남비에 밥을 푹 쏟아서 탐스럽게 먹는 것을 보고는

"옳지, 사내 숫기가 그만이나 해야지."

하시고 여간 만족해하시는 것이 아니었다.

그러나 내가 연극 공부를 하려고 불란서 같은 데로 가고 싶다는 소망을 말씀드리면 강경하게 반대하였다. 아울러 이렇게 말씀하시면서 내게 간곡히 부탁하셨다.

"너는 외교가가 될 소질이 있으니 우선 어학에 정진하라."

(무슨 일이 다 되는 줄 알았던 때였지만….)

……

나는 두 달 만에야 식비(食費)를 받아서 우당댁을 떠나 동단패루(東單牌樓)에 있는 공우(公寓)로 갔다.

허구한 날 돼지기름에 들볶아 주는 음식에 비위가 뒤집혀서 조반을 그대로 내보낸 어느 날 아침이었다. 뜻밖에 양털을 받친 마괘(馬掛: 중국식 옷)를 입고 모발이 반백이 된 노신사 한 분이 양차(洋車)를 타고 와서 나를 심방하였다. 나는 어찌나 반가운지 한달음에 뛰어나가서 벽돌 바닥에 두 손을 짚고 공손히 조선 절을 하였다. 그리고 노인이 손수 들고 오시는 것을 받아 들었다. 그 노인은 우당 선생이셨고, 내 손에 옮겨 들린 조그마한 항아리에는 시큼한 통김치 냄새가 끼쳤다…. (『동아일보』 1936년 3월 13일)」

이회영은 별 연고도 없는 청년 심훈의 사생활을 세심하게 배려했던 인격자였으나 이는 곧 그의 생활비를 바닥나게 하는 지름길 역할을 했다. 자신의 집에 머물다가 떠난 청년에게 통김치를 가져다 줄 정도였으니 그의 집에 거주하는 운동가들에게 어떤 정성을 다했을지 짐작하는 것은 어렵지 않다. 이규창은 이런 상황을 자세히 기억하고 있다.

"국내나 국외에서 독립운동을 하신다는 분들은 쉴 사이 없이 우리 집에 와 거주를 하는 것이다. 그뿐인가 매일같이 10명, 20명, 혹은 30~40명 되는 인물의 점심과 석식을 하게 되는데, 하루 이틀도 아니요, 장구한 세월을 접대하게 되니 인력과 경비는 얼마나 들었을 것인가. 짐작하여도 어마어마하였다……. 모친을 위시하여 형수와 송동집 아줌마(이회영의 장남 규룡의 소실)가 있었는데 그 노력을 어찌 일일이 말할 수 있겠는가."

그러니 곧 생활비가 떨어져 자주 이사해야 했다. 이은숙은 이 시절을 이렇게 회상했다.

"집은 협소하고 식구는 많아 있을 수가 없으니 진스방자 얼안중[二眼井]이라는 곳으로 이사하니 망명객의 거처라 아마 1년에 수십여 번 이사한다 해도 과언이 아니리라."

서직문(西直門) 근처의 이안정(二眼井)에서는 집의 후원에 채소를 심어 반찬으로 이용하기도 했지만 이는 언발에 오줌 누기였고, 전체 숙식비를 대기에는 어림도 없었다.

북경에서 이회영 일가는 보흥호(寶興號)라는 잡화상점과 거래하였다. 1년 중 500원 이상을 거래하자 이회영을 큰 부자로 생각한 중국 상인은 외상거래를 허용했다. 중국인들은 평소에 의심이 많다가도 한번 신임하면 끝까지 믿는 기질이 있는데 이회영이 약정한 날짜에 약속을 꼭 지키자 1921년부터 1925년까지 계속 외상거래를 하게 되었던 것이다.

그런데 북경 시절 초기에 이회영에게는 자금이 바닥날 때마다 보조해주던 후원자가 있었다. 바로 임경호였다. 그는 이회영을 '아버님'이라고 부르며 존경해 왔는데, 그가 자금을 보조해주는 방법이 특이했다.

1년에 두 차례씩 북경에 오는데 그때마다 한두 명의 부자들을 대동하고 와서 자금을 제공하게 하는 것이었다. 이 자금은 이회영의 거처에 거주하는 운동가들의 숙식 제공과 북경에 산재한 여러 운동가의 생활비와 운동비로 사용되었다. 그런데 사건이 발생했다. 북경의 독립운동가 조(曺) 모, 이(李) 모, 성(成) 모 씨 등이 임경호를 구타했던 것이다. 임경호는 울면서 호소했다.

"아버님, 제가 무슨 죄를 지었기에 그자들이 저를 구타하며 욕을 합니까? 저는 아버님을 존경하고 그들도 아버님과 함께 독립운동을 한다기에 존경했으며, 아버님을 돕기 위해 국내에서 위험을 무릅쓰고 동지와 자금을 조달해 왔을 뿐인데 저를 돈을 혼자 먹은 도둑놈이라고 합니다 또한, 우당에게 얼마나 주었으며, 우당은 그 돈을 어찌하였느냐는 등의 말은 물론 욕설과 구타를 하니 이게 독립운동을 하는 자들의 자세입니까?"

이후 임경호는 다시는 북경에 오지 않았고, 이회영의 생활은 덩달아 어려워져서 중국상회 보흥호와 보산호(寶山號)의 외상값은 늘어만 갔다. 이회영이 백방으로 주선하여 조금씩 갚아나갔지만 외상값은 점차 늘어 2~3천 원의 막대한 금액으로 불어나 있었다.

중국 상인은 태도를 바꾸어 외상값을 갚으라고 독촉했는데 갚을 도리가 없었다. 그 독촉을 다 받아낸 인물이 이회영의 딸 규숙과 규창이었다.

"나(이규창)와 누님은 날이면 날, 달이면 달, 연(年)이면 연, 2년 반을 중국 상인들에게 욕도 먹고 심지어는 구타를 당한 적도 있었다."

2년 반을 쫓아다녀도 외상값을 받지 못한 중국 상인들은 결국 자신들끼리 빚을 탕감해 주기로 결정하고 이회영을 찾아왔다.

"동양귀(東洋鬼: 일본)의 침략으로 우리나라에까지 와서 독립운동을 하는 분께 외상값을 탕감하는 방법으로 도움을 준 것으로 생각하고, 과거 우리가 좀 심하게 대한 것을 용서하시오."

삼한갑족의 후예로서 외국의 상인들에게 누를 끼친 것이었으나 망국민의 신세로서 어쩔 도리가 없었다. 이때부터 가난은 이회영 일가에게 하나의 숙명이 되었다.

## 임시정부도 사회주의도 버리고

북경의 이회영은 독립운동 노선의 설정에 고심했다. 1920년대 초반에는 러시아 혁명의 영향으로 국내는 물론 중국에서도 사회주의에 대한 관심이 부쩍 고조되어 있었다. 사회주의는 하나의 붐이었다. 사회주의의 정확한 이론은 알지 못했으나 볼세비키가 짜르의 절대왕정 체제를 무너뜨린 것처럼 사회주의로 일제를 타도할 수 있으리라고 막연히 생각했다.

이회영도 사회주의 사상에 관심을 가졌다. 러시아에 갔던 조소앙이 1921년 5월경 북경에 도착하자 그의 내방을 기다리지 않고 즉각 그를 찾아 나섰다. 조소앙은 1920년 덴마아크, 단찌히, 리투아니아, 에스토니아를 경유해 러시아 페테르부르크에서 열린 러시아혁명기념대회에 참석한 후 이듬해 2월까지 러시아 각지를 시찰하고 한인들이 살고 있던 이르쿠츠크와 치타 등지를 거쳐 북경으로 귀환했다. 1922년 1월 모스크바에서 개최되었던 극동피압박민족대회에는 한인 독립운동가들이 많이 참석했다. 정치학자 이정식은 이 대회에 참석했던 나용균과 1969년도에 인터뷰를 했는데 그 내용이 『한국공산주의 운동사 1』에 실려 있다.

"당시 러시아의 생활이라는 것이 먹는 빵에 75퍼센트가 흙이에요. 흙하고 밀대를 갈아서 섞은 거고, 밀가루는 25퍼센트밖에 섞지 않아서 그것을 먹으면 그 자리에서 아주 설사를 해 버리고 말죠."

이정식은 "아시아 대표로 참석한 많은 사람은 '노동자의 낙원'에 대해 실망하게 되었다. 몇몇 인사는 음식, 교통시설, 전반적인 생활환경에 대해 불만을 토로했고, 또 어떤 사람들은 러시아 인민의 궁핍한 생활을 보고 충격을 받기도 했다"라고 기록하고 있다.

이회영이 조소앙으로부터 들은 이야기도 별반 다를 것

이 없었다. 사회주의 러시아의 정치·사회 상황에 대해서 들은 이회영은 이렇게 묻는다.

"그 냉혹하고 무자비한 독재 정치가 과연 만민에게 빈부의 차이가 없는 균등한 생활을 보장한다는 이상을 성취할 수 있을지는 모르나, 그처럼 자유가 없는 인간 생활이 가능할까? 그리고 인간 생활의 발전을 기대할 수 있을까? 그들이 말하는 평등 생활이 하루에 세끼 밥을 균등히 주는 감옥 생활과 무엇이 다른가?"

이회영은 질문은 계속된다.

"그러한 독재권을 장악하고 인민을 지배하는 정치는 옛날의 절대 왕권의 정치보다도 더 심한 폭력 정치이니 그러한 사회에 평등이 있을 수 없으며, 마치 새 왕조가 세워지면 전날의 천민이 귀족이 되듯이 신흥 지배 계급이 나타나지 않겠는가?"

사회주의 노선 추구를 포기한 이회영은 사상적 번민을 계속했다. 그 사이 함께 북경으로 왔던 이시영·이동녕·조완구는 다시 상해로 가버렸다. 임정에서 박찬익을 북경으로 파견해 설득 작업을 한 덕분이었다. 그러나 이회영은 끝내 임정 합류를 거절했다.

이 결정이 이회영의 일생을 이동녕, 이시영, 조완구 등과 다른 길로 가게 했다. 동생(이시영), 동지(이동녕), 사돈(조완구)이란 여러 관계로 중첩된 사이였으나 이회영은 소신을 굽히지 않았다. 사회주의도 버리고 임시정부 참여도 끝내 거부했다.

이 시기 이회영은 먼저 군사기구를 통합해서 무력투쟁을 전개하려고 했는데, 이것이 1921년 4월 북경에서 개최된 '북경통일군사회'였다. 만주의 석주 이상룡은 「연계여유일기(燕薊旅遊日記)」에서 군사통일회의의 자금을 댄 인물이 이회영과 박용만이라고 기록하였다.

"경신(庚申: 1920)년 섣달 보름에 성준용 군이 연경에서 돌아와 군사통일촉성회의 취지를 전하였다. 거기다 우당 이회영과 우성 박용만의 의사를 전하는데, 여비를 보내며 초청하는 뜻이 아주 간절하다."

이상룡은 1921년 1월 10일 심양(봉천)에 사는 이회영

형제들을 만난 후 다시 북경으로 향했다.

"하늘이 차차 어두워지고 전등에 불이 들어오더니, 기적소리가 한번 울리고 기차가 흔들거리고 삐그덕 대며 잠시 멈췄다가 열리더니 곧바로 북경에 도착했다. 정양문(正陽門) 밖에서 차를 내리니 바로 10시 종이 울린다. 우당(이회영)과 우성(박용만), 강재 신숙과 박숭병 군이 정거장 들머리에 먼저 와서 기다리고 있었다."

이상룡은 북경 후고루원의 이회영 집으로 가서 우당의 아우 호영과 이회영의 큰아들 이규룡과 만나 이별 후의 회포를 풀었다. 이회영 일가는 심양과 북경, 상해에 나뉘어 살고 있었다. 장남 이건영과 석영, 철영은 심양에, 이회영과 막내 호영은 북경에 살고 있었고, 5남 시영은 상해에 살고 있었다. 이회영은 자신의 기록을 남기지 않았고 모든 활동을 비밀리에 수행했기에 그 자취를 찾기가 어려운 인물이다.

일제는 북경의 통일군사회의를 크게 주목했고, 이상

룡은 2월 1일 일제의 수사가 급박하게 돌아간다는 편지를 받고 6일에는 거처를 이회영의 집에서 북경의 동황성(東皇城)의 공우(公寓)로 옮겼다. 그러나 이회영과 북경의 융복사(隆福寺)를 방문하는 등 만남을 계속했다. 북경통일군사회는 임시정부가 대통령 이승만 문제만이 아니라 외교독립론에 치우쳤다고 비판하면서 임시정부를 대체하는 조직을 만들려고 계획했다. 그러나 1921년 5월 안창호를 비롯한 여러 독립운동가가 임시정부를 대신하는 전민족적 독립운동 조직을 만들자는 국민대표회 개최를 주장하자 이 회의에 대표를 참석시키기로 결정했다.

이회영의 집은 여전히 북경 독립운동가들의 중심 거처였다. 이상룡은 1921년 4월 2일 일기에 "성군(성준용)이 후고루원에서 돌아와 상해 소식을 전한다"라고 기록하고 있다. 상해의 여러 소식이 이회영의 거처를 거쳐 여러 독립운동가에게 전해졌다.

# 4장

# 아나키즘의
# 깃발을 들다

## 1. 아나키즘이란 무엇인가

민족주의 노선과 사회주의 노선 사이에서 고민하던 이회영이 선택한 노선은 아나키즘이었다. 아나키즘은 모든 인간이 평등하다는 것을 전제로 하여 일체의 부자유와 불평등을 부정하는 사상이다. 자본주의에는 평등의 가치로, 공산주의에는 자유의 가치로 비판했다. 삼한갑족 출신의 이회영이 50대 중반의 나이에 아나키즘을 받아들인 것은 이례적인 일이었다.

아나키즘(Anarchism)은 동아시아에서 1902년 동경대생이었던 케무야마 센타로(煙山專太郎)가 『근대무정부주의(近代無政府主義)』라는 책을 발간하면서 '무정부주의(無政府主義)'로 인식되면서 많은 오해를 낳았다. 마치

일체의 정부 조직을 부정하는 것으로 오인된 것이다.

아나키즘(Anarchism)은 그리스어 '아나르코(anarchos)'에서 유래되었는데 '없다(an)'와 '지배자(arche)'라는 뜻의 합성어로서 '지배자가 없다'는 뜻이다. 굳이 번역한다면 '자유연합주의' 정도로 옮길 수 있을 것이다.

아니키즘은 불평등사회인 자본주의는 물론 당이나 계급 독재를 주장하는 공산주의도 거부했다. 자본주의는 인간 사이의 불평등을 인정하고, 공산주의는 계급 사이의 투쟁을 강조한다면 아나키즘의 상호부조론(相互扶助論)을 강조한다. 인간은 서로 대등하다는 견지에서 서로 경쟁하는 것보다 서로 돕는 것이 개인과 사회의 발전을 불러온다는 것이다.

아나키즘은 세 노선으로 나눌 수 있다. 첫째가 개인주의적 아나키즘인데 레프 톨스토이(1828~1910)와 피에르 조제프 프루동(1809~1865)이 대표적인 인물이다. 프루동은 『재산이란 무엇인가?』(1840)에서 "재산은 도둑질한 것"이라고 주장해 큰 반향을 일으켰다. 그가 말한 재산은 타인의 노동을 착취해 취득한 재산을 뜻한다. 그는 공산주의도 비판했는데 공산주의가 개인으로부터 생산 수단에 대한 통제권을 빼앗아 자유를 파괴한다고 믿었기 때문이었다.

둘째는 집산주의적(集産主義的) 아나키즘으로 미하일 바쿠닌(1814~1876)으로 대표되고, 셋째는 공산주의적 아나키즘으로 페테르 크로포트킨(1842~1912)으로 대표된다. 크로포트킨은 『상호부조론』에서 종의 진화에 가장 중요한 요소는 다윈의 주장처럼 경쟁이 아니라 협동이라고 주장했다. 크로포트킨의 상호부조론은 일본의 한국 유학생들에게 많은 영향을 끼쳤다. 당시 일본에는 다윈의 생물진화론을 사회관계에 적용했던 영국 허버트 스펜서의 사회진화론이 유행했다. 사회진화론에 따르면 일본이 한국을 점령한 것은 당연했으므로 이를 용인할 수 없었던 한국 유학생들은 사회부조론에서 희망을 찾고 아나키즘을 받아들였다.

1920년대 일본의 한인 유학생들 사이에서는 아나-볼 논쟁이라고 불리는 사상 논쟁이 치열하게 벌어졌다. 아나키즘과 볼세비키 사이의 논쟁인데, 이는 러시아 혁명

당시 크로포트킨이 이미 제기했던 논쟁이기도 했다. 러시아혁명은 볼셰비키의 단독혁명이 아니라 볼셰비키와 아나키스트가 서로 손잡고 이룩한 연합혁명이었다. 1917년 6월 망명한 지 40여 년 만에 75세의 고령으로 상트페테르부르크로 귀국한 크로포트킨은 열렬한 환영을 받았다. 그는 코뮌과 소비에트(병사·노동자위원회)가 강압적 정부가 없는 사회의 토대가 될 것으로 생각하고 크게 환영했으나 볼셰비키가 당과 계급의 독재를 주장하며 정권을 잡자 "이것은 혁명의 매장이다"라면서 거세게 비판했다. 그는 1921년 모스크바 근처에서 죽었는데 수만 명의 아나키스트가 참가한 그의 장례식은 아나키즘을 상징하는 검은 깃발이 러시아의 수도를 누빈 마지막 대회였다. 공산주의적 아나키즘은 공산주의란 용어가 지닌 반개인적·개인억압적 성향에 반대해 공동체주의적 아나키즘이란 말로 바꾸어야 한다고 주장하기도 한다.

바쿠닌과 크로포트킨을 경계로 공상적 아나키즘과 과학적 아나키즘으로 나누기도 하며, 이론에 치중한 철학적 아나키즘과 정치·사회적인 실천 방법을 주장하는 혁명적 아나키즘으로 대별되기도 한다. 이밖에 19세기 말의 혁명적 생디칼리즘은 노동조합의 직접행동을 통해 공산주의(공동체주의) 사회를 건설하려는 운동이었다.

개인주의적 아나키즘의 대표적 사상가 푸르동은 초기에 자신을 '아나키'란 용어로 부르는 것을 받아들였지만 만년에는 연합주의자(federalist)라고 자처했다. 중요한 것은 아나키즘이 정부가 없는 혼란한 상태를 뜻하는 것이 아니라 자율적인 각 개인과 각 코뮨이 자유의사로 연합한 정부를 추구한다는 점이다.

아나키즘 사상은 획일적이지 않아서 한국의 아나키즘 사상가 하기락은 코뮨(Commun)을 공동체로 파악하고 우리말로는 '마을'에 해당된다면서 다산(茶山) 정약용이 제창한 '여전제(閭田制)'의 마을과 같은 의미로 보기도 했다.

## 공산주의의 형제이자 적인 아나키즘

메이데이(5월 1일)의 원조였던 1886년 5월 1일의 시카고 시위를 조직했던 아나키스트 아돌프 피셔는 "아나키스트라면 누구나 사회주의자다. 그러나 사회주의자라고 해서 반드시 아나키스트는 아니다"라고 말했다. 현대의 아나키즘 연구가 다니엘 게렝은 자신의 저서 『아나키즘』에서 아나키스트와 맑시스트의 관계를 '형제이자 적'이라고 표현했다. 아나키스트와 맑시스트는 러시아혁명 때는 함께 짜르와 싸운 형제였으나 그 후 프롤레타리아트 독재체제가 수립되자 적으로 변했다. 공산주의는 계급독재의 조직체로서 당(黨)에 절대권한을 부여하지만 아나키즘은 이런 당의 존재를 거부한다. 프루동은 "맑시스트들이 행하는 모든 것은 명칭을 변경하는 것뿐"이라고 비난했다. 짜르의 자리를 공산당수가 차지하고 귀족 자리를 공산당 간부가 차지할 것이라는 비난이었다. 대중은 여전히 착취당하는 피지배자가 될 뿐이라는 비판이다. 바쿠닌은 공산주의가 지닌 권위주의적 속성을 크게 비판했다.

"나는 공산주의를 몹시 싫어한다. 그것은 자유의 부정인데 나는 자유 없는 인간을 생각할 수 없기 때문이다. 나는 공산주의자가 아니다. 공산주의는 사회의 모든 권력을 집중시켜 국가로 흡수시키기 때문이다. 나는 국가가 폐지되는 것을 보고자 하는데, 그것(공산주의)은 불가피하게 국가의 수중으로 재산의 집중을 유도하기 때문이다……. 나는 집합된 또는 사회화된 재산과 그러한 체제의 사회가, 어떤 종류의 권위에 의해서이건 간에 꼭대기에서부터 밑바닥으로 향해서 갈 것이 아니라 자유로운 연합(free association)을 통하여 맨 밑바닥으로부터 조직되어 올라 갈 것을 원한다……. 그러한 의미에서 나는 집산주의자(collectivist)이지 결코 공산주의자(communist)가 아니다."

칼 맑스와 프리드리히 엥겔스가 『공산당선언(The Communist Manifesto)』을 발표한 것은 1848년이었다. "공산주의라는 망령이 유럽을 배회하고 있다"로 시작하는 『공산당선언』은 "지금까지 존재했던 모든 사회의 역사는 계급투쟁의 역사다", "노동자에게는 조국이 없다", "프롤레타리아가 잃을 것은 속박의 사슬밖에는 없다. 그들은 세계를 얻을 것이다. 만국의 노동자여 단결하라!"라는 확신에 가득 찬 예언으로 끝나고 있는데, 이런 선언이 나온 지 불과 20여 년 뒤인 1870년 이래 바쿠닌은 "나는 공산주의자가 아니다"라고 선언한 것이다.

바쿠닌은 맑스의 주저 『자본론』을 러시아어로 번역했을 정도로 그의 지적 능력을 높이 평가했지만 맑스가 절대적 권위의 당의 존재를 인정한 것에 대해서는 "맑스와 같이 총명한 사람이 어떻게 그러한 것을 생각할 수 있었을까 의심할 수 있을 정도로, 상식과 역사적 경험에 어긋나는 사설(邪說)이다."라고 비판했다.

바쿠닌은 "나는 공산주의를 싫어한다"라고 연설한 직후인 1868년 제1인터내셔널에 가맹해 활동하다가 맑스,

엥겔스와 충돌한 끝에 축출당했다. 바쿠닌은 이때 1919년에 설립되는 코뮤니스트 인터내셔널(Communist International: 제3인터내셔널), 즉 코민테른(Comintern)의 출현과 그 역할에 대해 예언적 경고를 보내고 있다.

"세계적 규모의 독재 체제, 흡사 기계를 움직이듯이 모든 나라의 대중 봉기 활동을 조절하고 조종하는, 말하자면 세계혁명의 기사장(技師長)으로서 과업을 수행하는 독재 체제를 수립한다는 것,…… 그러한 독재 체제의 수립은 그 자체가 혁명을 숨죽이고 모든 대중운동을 마비시키고 왜곡시키기에 충분할 것이다."

바쿠닌의 예언대로 러시아혁명 후의 코민테른은 세계혁명의 증진을 공식 목적으로 내세웠지만 실제로는 각국 공산주의 운동을 소련이란 한 국가의 이익을 위해 바치는 소련공산당의 하부 기관으로 전락시켰다. 한국 공산주의 운동사가 보여주는 것처럼 각국의 공산당은 소련공산당의 하부 조직처럼 되고 말았다.

바쿠닌은 1870년 "(극도로 과격한 혁명가에게) 러시아의 모든 인민 위에 위에 군림할 왕좌를 주거나 독재권을 주어보라……. 일 년도 못 가서 그는 짜르(황제) 자신보다 더 악독한 자가 되어 있을 것이다"라고 예언했다. 스탈린이 정권을 잡기 50~60년 전에 이미 스탈린주의의 출현을 정확히 예언한 것이다.

러시아혁명에 참가했다가 서유럽으로 망명했던 볼린은 볼세비키들이 짜르 체제와 다를 것이 없다고 비판하면서 이렇게 말했다.

"'공산주의자'의 권력은…… 확실히 도살용의 도끼다. 중대한 '권력'을 갖고 있으면서도 그 권력은 모든 자유로운 행동에 공포를 느끼고 있다. 모든 자치적인 발의는 당장 의심스러운 위협으로 보이게 된다……. 왜냐하면 그들은 국정의 지도권을 장악할 것과 그것의 독점을 바라고 있기 때문이다. 다른 방면에서 나오는 발의는 모두 지배 권력에 대한 간섭이요, 그 특권에 대한 침해로 비추어진다. 권력에 대하여 그것은 허용될 수 없는 것이다."

아나키스트들은 공산주의자들이 프롤레타리아트 독재라는 명분으로 국가 권력을 장악하는 순간 그것은 이미 노동자의 국가가 아니라 20세기가 낳은 가장 비인간적인 정치 체제인 '붉은 관료정치'가 된다는 사실을 러시아 혁명 수십 년 전에 이미 간파했다. 아나키스트들은 러시아 혁명의 경험에서 당에 의한 '지도적 역할'을 부인한다는 결론을 끌어냈다. 볼린은 아나키즘의 주장을 이렇게 공식화했다.

"아나키즘의 주장은 다음과 같다. 어떠한 정당이나 정치적 또는 이데올로기적 집단도 근로대중을 그들의 위에서나 밖으로부터 '지배'하거나 '지도'함으로써 그들을 해방시키려고 하는 것은 결코 성공할 수 없다……. 참된 해방은 정치적 당파나 이데올로기 조직의 깃발 아래에서 되는 것이 아니라 오직 결집한 이해관계자들, 즉 노동자 자신들의 직접적 행동에 의해서, 그리고 대중의 위에서가 아니라 그들 가운데서 활동하는 혁명가들에 의하여, 지배를 받는 것이 아니라 원조를 받으면서 '자주관리'와 구체적 행동으로 지지된 그들 자신의 계급적 조직(생산조합, 공장위원회, 협동조합 등등)에 의해서 밖에는 실현될 수 없을 것이다. 아나키스트들은 대중을 계몽하고 조력할 수는 있지만 대중을 지도할 수는 없다고 생각한다. 만약 아나키스트가 대중을 '지도'함으로써 사회혁명을 성취할 수 있다고 주장한다면, 볼세비키의 환상과 똑같은 이유에서 그것은 환상에 불과할 것이다."

아나키스트들이 혁명적 조직 자체를 반대한 것은 아니다. 오히려 공산주의자 이상으로 혁명적 조직을 바랐다. 볼린은 "서로 잘 이해하고 잘 조직된, 어디로 가는지 무엇을 하고자 하는지 알고 있는 10명, 20명 또는 30명의 인간은 100명, 200명, 300명 또는 훨씬 많은 사람의 마음을 쉽게 잡을 수 있다"라고 말했으며, 또 "우리가 형성하지 않으면 안 될 것은 대중운동의 수뇌들에 의하여 잘 조직되고 잘 개발된 중핵체인 것이다"라고 말해 혁명 조직의 필요성에 대해서는 누누이 역설했다.

이런 말들은 흡사 공산주의자들의 조직관인 것처럼 보이지만 아나키스트들은 의식적인 전위, 즉 혁명가는 대중의 은인이어서도 안 되고 전제적 수령이어서도 안 되며, 단지 백성 자신에 의한 해방을 원조하는 산부인과 의사에 불과한 것으로 자신들을 규정짓는다는 점이 다르다.

아나키즘의 자유는 자본주의에서 표방하는 자유와는

내용이 다르다. 자본주의에서는 '(돈이 있다면) 거주 이전의 자유가 있다'고 하지만 아나키즘의 자유는 '원하는 곳에 집을 구할 수 있는 자유'를 요구한다. 자본주의가 때로는 개인의 탐욕을 자유라는 이름으로 합리화하지만 아나키즘은 이런 자유를 부정한다. 공동체적 삶의 원천인 토지를 개인이 무한정 소유하는 자유는 아나키즘이 말하는 자유가 아니다. 개인은 제한된 양만큼 그것도 일시적인 사용권만 가져야 한다고 주장한다. 이런 적극성, 사회성을 내포한 것이 아나키즘이 말하는 자유다. 공동체적인 자치적 질서 속에 개인이 인간적인 삶을 누릴 수 있는 자유가 아나키즘이 말하는 자유다.

## 2. 양명학과 아나키즘

### 양명학의 천하일가 사상

삼한갑족 출신의 이회영이 아나키즘을 받아들인 배경을 추적하다 보면 양명학을 만나게 된다. 훗날 대한민국 초대 부통령이 되는 이시영은 고종 25년(1888) 이상설, 이회영, 이범세 등과 신흥사(新興寺)에서 함께 공부했다고 말했다. 『강화학 최후의 광경』을 저술한 민영규 교수는 "보재(이상설)와 치재(이범세)가 사랑채 뒷방에 몸을 숨기고 왕양명(王陽明) 하며 하곡(霞谷: 양명학자 정제두) 등 강화소전(江華所傳)을 읽고 있었다"라고 쓰고 있다. 평생 지기 이상설이 양명학을 공부했는데 이회영이 공부하지 않았을 리는 없다. 이회영이 양명학에 공감한 것은 양명학이 주창하는 천하일가(天下一家) 사상 때문일 것이다.

양명학은 명나라의 양명(陽明) 왕수인(王守仁: 1472~1528)이 주창한 신유학이다. 주자학은 사물의 이치를 끝까지 강구하는 격물치지(格物致知)에 도달한 후에 행동하라는 선지후행(先知後行)을 주장한다. 양명학은 인간의 마음속에는 무엇이 옳고 그른지 아는 양지(良知)가 있으니 아는 대로 곧바로 행동하라는 지행합일(知行合一)을 주장한다. 왕양명은 인간이면 자연히 효도해야 한다는 사실을 아는 것이지 효도가 무엇인지 끝까지 강구한 후에야 효도할 것이냐고 하면서 주자학을 비판했다. 왕양명은 『전습록(傳習錄)』에서 주자학을 비판하면서 새로운 유학을 주창했다. 그는 "양지(良知)와 양능(良能)은 우부(愚夫), 우부(愚婦)와 성인이 같다"라고 해서 사대부와 일반 백성의 차별성을 인정하지 않았다. 양명학이 조선의 주자학자들에게 이단으로 몰린 가장 큰 이유는 이 때문이다. 성리학의 이념 체계는 사대부 계급이 세상을 지배해야 한다고 주장하는 반면 양명학은 이런 차별을 인정하지 않는 대동사회의 건설을 주장했기 때문이다. 왕양명은 이렇게 말했다.

"무릇 성인(聖人)의 마음은 천지만물을 일체로 삼으니 천하 사람에 대해 안과 밖, 가깝고 먼 것이 없고 무릇 혈기 있는 것은 모두 형제나 자식으로 여기어 그들을 안전하게 하고 가르치고 부양하여 만물일체의 생각을 이루고자 한다."

이것이 바로 천하를 한 가족으로 보는 천하일가 사상인데, 원래는 공자가 『예기(禮記)』「예운(禮運)」에서 주장한 내용이었다. 양명학은 사대부의 계급적 우월을 인정하지 않고 사민(四民: 사·농·공·상)의 우열도 인정하지 않았다. 그는 사민을 계급적으로 구분하지 않고 그 역할만 서로 다르다는 이업동도(異業同道)를 주장했다.

"옛날 사민은 직업은 달랐지만 도(道)는 같이 했으니, 그것은 마음을 다하는 점에서 동일하다. 선비는 마음을 다해 정치를 했고 농부는 먹을 것을 갖추었고, 공인(工人)

은 기구를 편리하게 하였으며, 상인은 재화를 유통시켰다."

조선의 주자학자들은 사대부 계급이 하늘로부터 부여받은 선천적인 것이며 사대부가 세상을 지배해야 한다고 여겼지만 양명학은 '타고난 자질에 가깝고 힘쓰면 미칠 수 있'으면 누구나 정치를 할 수 있다고 주장했다. 바로 이 부분이 주자학자들로부터 가장 큰 반감을 산 대목이다. 양명학의 이런 토대 위에서 이회영이 아나키즘을 받아들일 수 있었던 것이다.

# 3. 이회영의 아나키즘 사상과 김종진

## 아나키즘 동지들을 만나다

이회영이 북경에서 아나키즘을 받아들일 때의 모습을 부인 이은숙은 자서전에서 이렇게 표현했다.

「하루는 몽사(夢事)를 얻으니, 가군께서 사랑에서 들어오시며 희색이 만면하여, "내 일생에 지기(知己)를 못 만나 한이더니, 이제는 참다운 동지를 만났다." 하시며 기뻐하시기에, 내가 무슨 말을 하려다가 홀연히 깨니 남가일몽(南柯一夢)이라. 곰곰이 몽중(夢中)에 하시던 말씀을 생각하며, 또 어떤 사람이 오려나 하였더니, 그날 오정쯤 해서 이을규(李乙奎) 씨 형제분과 백정기(白貞基) 씨,

정화암(鄭華岩) 씨 네 분이 오셨다.」

이은숙이 꿈에서 이회영이 참다운 동지를 만났다고 기뻐하는 모습을 보다가 깼는데, 그날 이을규, 이정규, 백정기, 정화암 등이 왔다는 것이다. 이들은 모두 한국 아나키즘 운동의 중심인물들이다. 이회영의 아나키즘 수용이 하나의 계시인 것처럼 설명하는 대목인데, 이회영은 이들과 평생 동지가 되었다. 이은숙은 이회영이 아나키즘 동지들과 북경의 최하층민이 사먹는 짜도미〔雜豆米〕를 먹으며 운동을 했는데, 그것도 운수가 좋아야 먹게 된다면서 때로는 이들이 돈을 다소 변통해 주면서 "선생님 진지는 쌀을 사다 해 드리고 우리는 짜도미 밥도 좋으니 그것을 먹겠소."라면서 이회영을 부모님처럼 모셨다고 전하고 있다.

이은숙 여사는 이때가 이회영이 57세 때인 계해년(癸亥年: 1923)이라고 기억하고 있지만 이정규는 『우당 이회영 약전』에서 "선생이 사상적으로 지향하는 방향이 확정된 때는 1922년 겨울이었다."라고 조금 달리 적고 있다.

그는 같은 책에서 "선생의 사상이 확정되는 계기"는 1923년 9월에 수립된, '이상 농촌인 양타오촌 건설의 계획'이라고 말하고 있다. 중국 호남성 한수현(漢水縣) 동정호(洞庭湖) 가에 있는 양타오촌에 광대한 농토를 가진 중국인 청년 주(周) 씨가 아나키스트였는데, 그가 동향의 진위기(陳偉器)와 상의하여 양타오촌을 이상 농촌으로 만들려고 계획했다는 것이다. 주씨 소유의 농토를 소작인들의 경작 능력에 따라 분배해서 소작인들이 조합원이 되는 이상 농촌 건설조합을 만들어 농지를 공동소유하고, 교육, 문화 등은 공동으로 운영하겠다는 계획이었다. 이 이상촌을 한중 인민이 공동으로 경작하기로 하고 한국에서 인삼 재배 능력이 있는 이주민을 데려오겠다는 계획이었다.

이회영이 서간도에서 경학사 등의 공동체 조직을 만든 경험이 있었고 이회영의 동지인 백순(白純)이 내몽고 포두(包頭) 등지에 농민을 이주시켰다는 소문도 들었기 때문에 이회영을 찾아와 상의했다.

이회영은 의열단의 주요 인물이던 유자명(柳子明: 본

명 유우근) 등을 통해 이미 아나키즘을 접하고 있었다. 그 후 여러 청년과 교류하면서 아나키즘이 자신의 평소 지론과 같다고 생각하고 아나키스트의 길을 걷게 되었다.

중국의 아나키즘은 일본 유학생들과 프랑스 유학생들을 중심으로 형성되었다. 일본 유학생들 중심이 '동경그룹'으로서 『천의(天義)』라는 잡지를 발간해 '천의파'라고도 불렸는데, 장계(張繼)와 유사배(劉師培)가 중심인물이었다.

프랑스 유학생들의 중심이 '파리그룹'인데 파리에서 '세계사'를 조직하고 『신세기(新世紀)』라는 잡지를 발간해 '신세기파'라고도 불렸는데, 이석증(李石曾), 오치휘(吳稚暉), 장정강(張靜江) 등이 중심 인물이었다. 중국 아나키즘은 청나라 조정으로부터 탄압을 받았지만 신해혁명(1911)으로 청조가 무너지자 중국 정계의 한 축을 담당하게 된다. 장계는 국민당의 지도적 멤버가 되었으며, 채원배(蔡元培)는 북경대 총장이 되었고, 이석증도 북경대 교수가 되었다. 그러나 이들은 중국의 전통적인 중화(中華)사상과 아나키즘의 관계를 명확하게 설정하지 못한 결과

1920년대 들어 퇴조하게 되었다. 바로 그 시기에 이회영은 아나키즘을 받아들인 것이다.

## 김종진과 나눈 대화

이회영의 아나키즘 사상을 알 수 있는 좋은 자료가 이을규가 김좌진의 친척 동생인 김종진에 대해서 쓴 『시야(是也) 김종진 선생 전(傳)』이다. 김종진은 3·1혁명 때 고향 홍성에서 만세시위를 주도한 후 만주를 거쳐 북경으로 망명해 이회영을 만났다. 김종진이 무관학교 입교를 결심하고 이회영에게 상의하자 신규식을 소개해 주었다. 구한말 육군군무학교 출신의 신규식은 손문(孫文)을 비롯한 중국의 유력 인사들과 교분을 나눠 100여 명의 한국 청년을 중국 각지의 군관학교에 입학시켰던 인물이다. 김종진이 상해로 가서 신규식과 이시영을 만나 상의하자 중국 남방의 운남(雲南)군관학교를 소개했다. 운남성 독군(督軍)인 당계요(唐繼堯)가 신규식에게 친서를 보내 한국 청년들에게 군사훈련을 받게 해주겠다고 제의했다는 것이었다.

당시에는 운남에 가려면 광동(廣東)이나 홍콩을 거쳐 베트남을 경유해야 했는데, 김종진은 이 기나긴 여행 기간에 중국어를 배우고 군관학교에 입교했다. 졸업 후 함께 일하자는 당계요의 권유를 뿌리친 김종진은 천신만고 끝에 1927년 천진의 이회영을 방문했다. 이회영은 천진 빈민가의 한 토방에 살고 있었다. 1920년 북경에서 헤어진 지 무려 7년 만에 빈민가 토방에서 이회영을 다시 만난 김종진은 눈물을 흘렸으나 이회영은 그의 손을 잡고 웃었다.

"그간의 소식은 때때로 들었는데 수년의 고초가 과연 어떠했는가? 고초는 고초일망정 이제는 분명 대장군이 되었구나."

이회영은 북만주로 가겠다는 김종진의 구상에 "근래에 처음 듣는 낭보(朗報)"라고 격려하며 많은 이야기를 나누었다. 염죽(鹽粥) 한 그릇에 소금 한 종기를 반찬 삼아 시

장기를 때우면서 이회영은 상해와 북경 등지 운동가들의 태도를 강하게 비판하면서 북만주에 가면 잘못된 전철을 밟지 말라고 충고했다.

화제는 돌고 돌아서 드디어 사상 문제에 이르렀다. 김종진은 상해에서 이을규를 통해 이회영이 아나키스트가 되었다는 사실을 듣고 깜짝 놀랐다. 이회영의 대답은 당당했다.

"내가 의식적으로 무정부주의자가 되었다거나 또는 전환하였다고 생각할 수는 없다. 다만 한국의 독립을 실현코자 노력하는 나의 생각과 그 방책이 현대의 사상적 견지에서 볼 때, 무정부주의자들이 주장하는 그것과 서로 통하니까 그럴 뿐이지 '각금시이작비(覺今是而昨非: 지금 깨달으니 과거가 잘못되었음)'식으로 본래는 딴 것이었던 내가 새로 그 방향을 바꾸어 무정부주의자가 된 것은 아니다."

본래는 딴 사상이었던 내가 새로 그 방향을 바꾸어 무정부주의자가 된 것은 아니라는 것이다. 자신의 과거 사상이 잘못되었다고 깨닫고 아나키스트가 된 것이 아니라 과거부터 갖고 있던 사상적 배경과 아나키즘이 합치하게 되었다는 뜻이다. 이회영은 일부에서 고종의 망명 계획과 관련해 자신을 존왕파(尊王派: 왕정 복고주의자)라고 비판하지만 자신은 존왕파에서 아나키스트가 된 것이 아니라 자신이 갖고 있던 평소 사상이 아나키즘과 같았다는 것이다. 즉 양명학에서 아나키즘으로 진화했다는 의미일 것이다.

김종진은 아나키즘의 자유연합이 너무 산만하지 않느냐면서 이를 가지고 일제와 싸워 이길 수 있겠느냐고 묻자 이회영은 지금까지 모든 운동자는 실제 사상이 무엇이든 자유연합 이론을 실행하고 있는 것이라고 답했다. 모든 단체와 조직은 단원들의 자유의사에 의해서 결성된 것이라는 설명이었다. 러시아도 정권을 잡은 후에 복종과 규율이 생긴 것이지 그 전에는 운동자들의 자유연합이었다는 것이다. 이회영은 이렇게 말했다.

"목적이 수단과 방법을 규정짓는 것이지 수단과 방법이 목적을 규정할 수 없다는 견지에서 볼 때 한 민족의 독립운동은 그 민족의 해방과 자유의 탈환을 뜻하는데, 확고하게 자각하여 목적의식이 투철한 사람들이 하는 독립 운동은 그 자체가 해방과 자유를 의미하는 것이다. 거기에는 오직 운동자들의 자유합의가 있을 뿐이니 이것은 이론으로도 당연한 것이다."

김종진은 "운동 자체가 해방과 자유를 의미한다."라는 이회영의 말에 커다란 깨달음을 얻었다. 빈곤 속의 이회영은 확신에 차서 말했다.

"…… 동서고금을 통해 해방운동이나 혁명운동은 자유와 평등을 추구하는 운동이고 운동자 자신들도 자유의사와 자유결의에 의해 수행하는 조직적 운동이었다. 그 형태는 어떠하든지 사실은 다 자유합의에 의한 조직적 운동인 것이지."

김종진은 강요가 아니라 자유합의에 의한 운동을 추구하는 아나키즘에 큰 매력을 느끼게 되었다. 이회영이 "시야(是也: 김종진)도 자기의 고집을 버리고 남의 의견을 받아들이는 것을 보니 역시 무정부주의자가 될만한 기질을 가진 사람이군."이라고 말하자 한바탕 웃음꽃이 피었다.

그간 기호파(畿湖派)니 서북파(西北派)니 하는 지방색

과 이승만이니 안창호니 하는 개인 중심 파벌들에게 회의적이었던 김종진은 아나키즘을 받아들이게 되었다. 김종진이 독립을 전취(戰取: 전쟁으로 얻음)한 이후에 건설할 사회에 대해 묻자 이회영은 이렇게 답했다.

"자유평등의 사회적 원리에 따라 국가와 민족 간에 민족 자결의 원칙이 섰으면, 그 원칙 아래서 독립한 민족 자체의 내부에서도 또한 이 자유평등의 원칙이 그대로 실현되어야 하네. 국민 상호 간에는 일체의 불평등, 부자유가 있어서는 안 되네. 자유합의로서 운동자들의 조직적인 희생으로 독립이 쟁취된 것이니까 독립 후의 내부적 정치구조는 권력의 집중을 피하여 지방 분권적인 지방자치제를 확립해야 하고, 아울러 지방자치체들의 연합으로 중앙정치기구가 구성되어야 할 것이네."

"경제 체제는 어떠해야 하겠습니까?"

"경제관계는 재산의 사회성에 비추어 일체 재산의 사회화를 원칙으로 해서 사회적 계획 아래 관리되어야 하지만, 이 경우 자유를 제약할 위험이 있으므로 사회적 자유평등의 원리에 모순이 없도록 관리와 운영이 합리화되어야 할 것이네."

"교육은 어떻게 해야 하겠습니까?"

"교육은 물론 사회 전체의 비용으로 부담하고 시행되어야 하네. 가난하다고 해서 교육의 기회를 갖지 못하면 안 될 것이네."

김종진은 이회영과의 대화에서 이상적인 것처럼 느껴지던 개념들이 현실로 다가오는 것을 느꼈다.

"선생님의 이러한 구상과 무정부주의 이론과의 관계는 어떠합니까?"

"무정부주의란 사회 개혁의 원리네…. 무정부주의는 공산주의와 달라서 꼭 획일성을 요구하는 것은 아니니까 그 기본 원리를 살려 나가면서 그 민족의 생활 습관이나 전통과 문화, 또는 경제적 실정에 맞게 적절히 변화를 가미하면 될 것일세."

김종진은 이회영의 아나키즘 이론이 '자유와 평등'의 원리를 실천해 나가면서도 프롤레타리아 독재로 변질되지 않는 현실적인 방책임을 느낄 수 있었다. 아나키즘이야말로 '자유와 평등'이라는 두 마리 토끼를 잡을 수 있는 이론이라고 판단한 것이다.

"우리가 그런 이념 아래 독립을 성취했다고 할 때, 이념을 달리하는 국가들과 국제관계는 어떻게 되겠습니까?"

"무정부주의의 궁극의 목적은 대동(大同)의 세계, 즉 하나의 세계를 만드는 데 있는 것이니 각 민족 또는 각 사회군이 궁극적으로 하나의 자유연합적 세계기구를 만들어 연결해야 할 것이다. 각 민족 단위의 독립된 사회가 완전히 독립적인 주권을 가지고 자체 내의 문제나 사건은 독자적으로 처리하는 한편 다른 사회와 관계된 문제나 공동의 과제에 대해서는 연합적인 세계기구가 토의·결정하여 실행해 나가면 될 것이다…. 그러나 한 독립된 국가로서 국제관계가 맺어져야 할 것이며 치안과 국방 문제도 일어날 것인데 이런 외교·국방·무역관계·문화 교류 등 모든 문제는 한 사회의 중앙연합기구, 즉 중앙정부에서 다루어야 할 것이다."

며칠 동안 이회영은 김종진과 진지한 대화를 나누었다. 이회영은 크로포트킨의 상호부조론을 설명했다.

"인간에게는 선사시대부터 상호부조(相互扶助)하고

협동노작(協同勞作)하는 사회적 본능이 있어왔네.”

“현재 사회는 양보와 협동보다는 이기적 투쟁이 더 앞서지 않습니까?”

“현재 나타나고 있는 인간 상호 간, 사회 상호 간의 증오와 불신은 과도기적인 것이요, 불변의 것도 아니네. 태고로부터 연면히 내려온 인간성의 본능은 선한 것이네.”

김종진은 평생을 타협 없이 살아온 노 혁명가에게 진정한 평화주의자의 모습을 보았다. 공의(公義)를 위해 싸우면서도 남을 억압하지 않고, 공의가 실현되는 진정한 평화사회를 위해 싸우는 평화주의자였다.

# 5장

# 의열단과
# 다물단

# 1. 의열단의 직접행동과 유자명

## 의열단과 아나키즘

훗날 상해에서 남화한인청년연맹을 주도한 아나키스트 정화암은 정치학자 이정식과의 대담에서 "왜놈들이 제일 두려워한 것은 역시 자기들에 대한 직접적 테러였어요. 정치적 투쟁, 즉 성명으로 규탄하고 외교적으로 이론적으로 덤벼드는 것, 이런 것보다도 폭탄 들고 덤벼드는 것을 제일 무서워했어요."라고 말했다. 일제가 가장 두려워한 것은 직접 총과 폭탄을 들고 거사하는 직접행동이었다. 독립군 이외에 일제를 직접 타격하는 직접행동을 수행한 조직으로는 임정의 한인애국단과 아나키스트들이 조직한 다물단·남화한인청년연맹, 그리고 의열단이 있었다. 아나키즘 연구가 오장환은 『한국 아나키즘 운동사』에서 "김원봉의 의열단은 유자명의 영향으로 아나키즘을 수용하고 그들의 민족주의적 테러 활동에 아나키즘적 논리를 갖추게 되었다"라고 적고 있다. 북경에서 유자명과 함께 지낸 이규창도 '(유자명은) 의열단의 총참모 격의 중요한 직책을 맡아서 제1선 운동에 참여한 분'으로 기억하고 있는데, 그는 의열단의 사상을 아나키즘 조직으로 이끌었다.

유자명은 1921년 4월 만주를 거쳐 북경에 도착해서 이회영을 만났다. 이때 이미 일본의 아나키스트 오스기 사가에(大衫榮: 1885~1923)와 동경제대 교수 모리도 다쓰오(森戶辰男: 1888~1984)의 아나키즘에 대한 글에 공감했다. 유자명은 크로포트킨의 자서전인 『한 혁명자의 회억』을 읽고 "나의 사상 전반에 큰 영향을 주었으며 나중에는 무정부주의자가 되게 하였다"라고 회고했다. 님 웨일즈의 『아리랑』의 주인공 김산(장지락)은 1920년대 초반 상해에서 의열단과 함께 지냈는데, "(의열단은) 무정부주의 이데올로기에 지배되었다"라고 회상하고 있다. 그의 회상 내용을 읽어보자.

“내가 상해에 머무르는 동안 20명의 의열단 지도자가 프랑스 조계에 모였다. 나는 정식 단원이 될 자격이 없었다. 하지만 내가 무정부주의자 그룹에 들어간 뒤에는 그들 사이에서 촉망받는 제자로 받아들여져서 그들의 작은 서클에 들어가게 되었다.”

김산이 의열단 서클에 들어갈 수 있었던 배경이 무정부주의자 그룹에 들어갔기 때문일 정도로 의열단은 아나키즘과 깊게 관련되어 있는 결사체였다.

의열단은 1919년 11월 10일 만주 길림시 파호문(巴虎門) 밖 중국인 반(潘) 모 씨의 집(여관)에서 결성되었다. 김원봉, 이종암, 신철휴, 서상락, 곽재기 등이 결성 단원인데, ‘천하의 정의의 일을 맹렬히 실행키로 맹세’하면서 ‘정의(正義)’에서 ‘의’ 자를 따고 ‘맹렬(猛烈)’에서 ‘열’ 자를 따서 이름을 지었다. 결성 단원은 13명이었는데 이들을 한데 모은 인연의 끈이 지역적으로는 경상도 밀양이고, 학연으로는 신흥무관학교였다.

중국 남경의 금릉(金陵)대학에서 김약수·이여성과 함

께 수학하던 김원봉은 1919년 만주의 신흥무관학교를 찾아가면서 폭탄 제조 기술자인, 호남성 출신의 주황(周況)과 동행했다. 주황은 손문(孫文)의 휘하에 있다가 서로군정서 참모장이던 김동삼의 초청으로 만주로 왔다. 서로군정서는 총사령관 격인 독판(督辦)이 이상룡, 부독판이 여준, 참모장이 김동삼인 데서 알 수 있듯이 이회영 일가와 함께 경학사와 신흥무관학교를 운영했던 인물들이었다. 주황은 서로군정서의 주요 군사 충원처였던 신흥무관학교에 폭탄 기술을 가르치기 위해서 간 것이었다.

실제 김원봉은 1919년 6월에 신흥무관학교에 입학해서 폭탄 제조술을 비롯한 군사학을 배웠다. 그리고 이곳에서 군사 지식만이 아니라 목숨을 함께할 동지들도 얻었다. 의열단 단장 격인 의백(義伯) 황상규(黃尙奎)와 김원봉은 모두 밀양 출신으로서 초기 의열단에는 영남 출신이 많았다. 의열단은 창립 직후 9개 항에 달하는 공약을 작성했는데, '① 천하의 정의의 사(事)를 맹렬히 실행키로 함/② 조선의 독립과 세계의 평등을 위하여 신명(身命)을 희생키로 함/③ 충의의 기백과 희생의 정신이 확고한 자라야 단원이 됨/⑧ 일(一)이 구(九)를 위하여 구(九)가 일(一)을 위하여 헌신함' 등이었다. 의열단은 암살 대상으로 '① 조선 총독 이하 고관 ② 군부 수뇌 ③ 대만 총독 ④ 매국노 ⑤ 친일파의 거두 ⑥ 적탐(밀정) ⑦ 반민족적 토호열신' 등으로 정했다. 이것이 나중에 '의열단의 칠가살(七可殺)'로 체계화되었다.

## 의열단의 제1, 2차 암살·파괴 계획

의열단은 창단과 동시에 과감한 '직접행동' 계획을 수립하고 실행에 들어갔다. 조선 총독과 그 밑의 대관(大官)들을 암살하고 조선총독부와 동양척식회사 및 조선은행 등을 폭파하려는 계획이었는데 이것이 제1차 암살·파괴 계획이다. 김원봉이 "조선 총독 5~6명을 죽이면 후계자가 되려는 자가 없을 것이고 동경에 폭탄을 터뜨려 매년 2회 이상 놀라게 하면 그들이 스스로 한국을 포기하게 될 것이다"라고 말했던 것처럼 직접행동을 독립의 가장 효과적인 방안으로 생각하고 있었다. 김원봉, 이종암, 곽재기, 이성우 등은 1919년 12월 하순 길림에서 상해로 가서 무기를 구했다. 임정 내무총장 안창호 등의 도움으로 이듬해 3월에 폭탄 3개와 탄피 제조기 1개를 구해 길림으로 되돌아왔다.

의열단은 이 폭탄을 중국 우편국을 통해 소포 우편으로 안동현에 있는 영국인 '뽀인' 앞으로 발송했다. 곽재기는 상해에서 기선(汽船)을 타고 대련에 도착한 후 기차로 안동현에 가서 임정 외교차장 장건상의 서한을 '뽀인'에게 제출하고 무기가 든 소포를 찾을 수 있었다. 안동현 원보상회의 이병철은 이 폭탄을 경남 밀양에서 미곡상을 하고 있는 김병환에게 보냈다. 고량미 20가마니 속에 폭탄을 갈라 넣어 위장한 것이다.

의열단은 이렇게 폭탄 밀반입에 성공했지만 폭탄 3개로는 부족하다고 생각해서 다시 상해의 프랑스 조계 오흥리(吳興里)에 거주하는 중국인 단익산(段益山)에게 폭탄 13개와 미국제 권총 2정과 탄환 100발을 구했다. 이 폭탄은 복잡한 방법을 거치지 않고 직접 운송하기로 했는데 중국어에 능통한 의열단원 이성우가 이를 맡았다.

이성우는 중국식 의류 상자 속에 폭탄을 들고 중국인 행세를 하면서 상해발 이륭양행 소속 기선 계림환(桂林

丸)을 타고 무사히 안동현에 도착했다. 이 폭탄 역시 안동의 원보상회 이병철을 통해 마산 역전의 미곡상 배중세와 밀양의 김병환, 진영 역전의 미곡상 강원석에게 보냈다. 김원봉과 강세우 등은 상해와 북경을 오가며 후방 지원 업무를 담당하기로 하고 황상규, 윤치영, 단원 10명이 국내로 잠입했다.

서울, 부산, 마산, 밀양에서 동시에 폭탄을 터뜨리기로 계획했다. 무기 도착 후 1개월 이내에 결행하기로 결정했는데, 일제의 첩보망에 포착되었다. 김병환에게 보낸 폭탄 3개를 압수당했지만 이에 굴하지 않고 나중에 보낸 13개의 폭탄으로 거사하기로 하였다. 그러나 1920년 6월 서울 인사동의 중국 음식점에서 비밀 회합을 하고 있다가 일제 고등경찰 김태석(金泰錫) 경부가 이끄는 왜경들에게 급습당해 체포당했다. 18명이 체포되면서 창단 이후 첫 번째 거사 계획은 실패하고 말았다.

체포된 단원들은 만 1년에 걸친 조사 기간에 갖은 살인적 고문을 당했다. 1921년 6월 곽재기, 이성우는 징역 8년, 황상규, 윤소룡, 김기득, 이낙준, 신철휴 등은 징역 7

년 등의 중형을 받았다. 일제는 의열단에 대한 비상경계를 시행했다.

의열단원을 검거하는 데 혈안이 되어 있던 와중에 단원 박재혁이 거사에 나섰다. 박재혁은 1920년 9월 14일 아침 중국 고서적상(古書籍商)으로 위장하고 부산경찰서장 하시모토(橋本秀平)를 만나 폭탄을 터뜨렸다. 하시모토는 폭살당했고, 자신도 부상을 입은 박재혁은 옥중 단식투쟁을 한 끝에 1921년 5월 옥사했다. 의열단원 최수봉은 1920년 12월 27일 밀양경찰서에 폭탄을 던졌다. 폭탄은 건물 일부만 부쉈을 뿐 인명은 살상되지 않았지만 대구 복심법원은 그에게 사형을 선고했다. 그때 최수봉의 나이는 겨우 20세였다.

## 총독부 폭파와 다나까 대장 암살 사건

1921년 9월 10일 의열단원 김익상은 폭탄 두 개를 가슴에 품고 북경을 떠나 귀국길에 올랐다. 단원들은 "장사가 한 번 떠나니 다시 돌아오지 않는구나(壯士一去兮不復還)"라는 형가(荊軻)의 시구를 읊어주었다. 진시황을 암살하러 떠나면서 읊었던 시였다. 그러나 김익상은 "일주일이면 돌아올 것이다."라고 말했다. 국경 근처의 안동현이 가까워오면서 검문이 심해지자 김익상은 어린아이를 데리고 여행 중인 일본 여인의 옆자리로 옮겨 유창한 일본어로 자신을 일본인 학생인 미다카미(三田神)라고 소개했다. 경찰들이 그들을 일본인 부부로 여겼기 때문에 김익상은 무사히 서울에 도착했다. 김익상은 이태원에 사는 동생 김준상 집에서 하룻밤을 유숙한 후 다음 날 아침 전기 회사 공원으로 가장하고 총독부를 찾아갔다. 2층에 총독실이 있을 것으로 짐작하고 올라갔으나 총독실이란 문패가 보이지 않았다.

김익상은 회계과에 폭탄을 던진 후 다시 옆의 비서과 문을 열고 폭탄을 던졌다. 첫 번째 것은 불발되었으나 두 번째 것이 커다란 폭음과 함께 터지면서 아수라장이 되었다. 아래층에서 경비원 등이 막 올라오자 김익상은 일본어로 "위험하다 위험해, 올라가면 안 된다"라고 소리치면서 내려왔다. 김익상은 일제 경찰의 삼엄한 수색을 뚫고 1주일 만에 북경으로 돌아왔다.

1922년 3월 초 김원봉은 프랑스 조계 주가교(朱家橋)의 모 중국인의 이발소 2층에서 이종암, 오성륜, 김익상, 서상락, 강세우 등과 회합했다. 일본의 육군 대장 다나카 기이치(田中義一)가 필리핀과 싱가포르, 홍콩을 거쳐 상해로 온다는 정보였다. 오성륜, 김익상, 이종암이 서로 저격하겠다고 나섰다. 논의 끝에 오성륜이 제1선, 김익상이 제2선, 이종암이 제3선에서 저격하기로 결정했다. 다나카가 상해 황포탄에 도착하기 하루 전인 1922년 3월 28일 밤이었다.

이튿날 다나카 대장을 태운 기선이 상해 황포탄의 공공마두(公共碼頭)에 도착했다. 무수한 환영 인파 속에서 제1선의 오성륜이 권총을 꺼내 쐈는데, 명중했다고 확신한 오성륜은 "대한독립 만세!"를 목청껏 외쳤다.

그러나 오성륜이 맞힌 인물은 우연히 다나카 앞으로 나선 백인 여자였다. 다나카가 자동차로 뛰어 도망가자 제2선의 김익상이 두 발을 쏘았는데 다나카의 모자만 꿰뚫었다. 김익상이 준비한 폭탄을 던졌으나 불발되었다.

다나카를 태운 자동차를 향해 이종암이 군중을 헤치면서 폭탄을 던졌다. 자동차는 달리기 시작했고, 폭탄은 미 해병이 발로 차 바다로 빠뜨렸다. 다나카는 구사일생으로 1선, 2선, 3선의 공격을 모두 피한 후 도주할 수 있었다. 이종암은 재빨리 입고 있던 외투를 벗어 던지고 군중 틈으로 들어가 몸을 숨겼으나 오성륜과 김익상은 막다른 골목까지 몰린 끝에 체포되고 말았다. 둘은 상해의 일본 영사관 감옥에 갇혀 혹독한 고문을 받았다. 오성륜은 같은 방에 있던 일본인 다무라의 부인이 면회를 오자 같이 탈출하자고 꾀었고, 그 부인이 들여보낸 칼로 창살을 자르고 탈출했다.

일본영사관의 경찰은 취조하는 도중에 김익상이 조선총독부 투탄 사건의 주인공이라는 것을 알고 깜짝 놀란 데다 오성륜의 탈출 사건까지 겹치자 아연실색했다. 영사관 경찰은 김익상을 급히 나가사키(長崎)로 호송했다. 그해 6월 말 나가사키 지방법원의 마쓰오카(松岡) 재판장이 "무엇이든지 피고에게 이익이 되는 증거가 있거든 말하라"라고 요청하자 김익상은 "나의 이익이 되는 점은 오직 조선 독립뿐이다."라고 답했다. 그해 9월 25일 재판장은 무기징역을 언도했다. 그러자 일제는 재판장을 모리(森)로 바꾸고 다시 재판을 열어 사형을 언도했다. 김익상은 "극형 이상의 형벌이라도 사양하지 않는다."라고 대답했다. 김익상은 상고를 포기하고 형의 집행을 기다렸는데 이른바 은사(恩赦)가 있어 무기로 감형되었다. 1927년에 다시 20년으로 감형된 김익상은 1942년에 만기 출소하였다. 김익상은 출소한 후 고향으로 돌아왔는데 어느 날 일본 형사가 잠깐 같이 가자면서 데려간 후 행방불명되었다.

# 의열단 선언문

1922년 의열단의 황포탄 저격 사건은 국제도시인 상해에서 큰 화제가 되었다. 상해에서 거주하는 외국인들은 의열단의 직접행동을 테러라고 비판했다. 주중(駐中) 미국공사가 "조선인 독립당이 목적을 달성하기 위하여 공산주의자의 행함과 같은 잔혹한 수단으로 나옴은 미국은 물론 세계 어느 나라든지 찬성치 아니하는 바다"라고 비판했다. 한인 독립운동가들에게 동정적이었던 프랑스 조계까지 한인들이 총기류를 소지하는 '불온행동'의 단속을 강화하겠다고 발표했다.

의열단에 대한 여론이 악화되자 임시정부 내의 외교독립론자들까지 의열단을 비난하는 데 가세했다. 의열단의 직접행동을 '공포 수단에 의지한 과격주의의 소치'라고 비난한 것이다.

격분한 의열단은 자신들의 이념과 정체성을 대외에 공포할 필요성을 느꼈다. 김원봉과 유자명은 북경의 신채호를 초빙해 「의열단 선언문」의 작성을 의뢰했다.

"강도 일본이 우리의 국호(國號)를 없이 하며 우리의 정권을 빼앗으며, 우리 생존조건의 필요성을 다 박탈하였다."로 시작되는 「의열단 선언문」이 1923년 1월 세상에 모습을 드러낸 배경이다. 「의열단 선언문」은 「조선혁명선언(이하 선언)」이라고도 불리는데 일제의 식민 지배를 근본적으로 부인하면서 우리 민족이 독립할 방책은 '혁명'과 '폭력'밖에 없다고 명쾌하게 선언했다. 「선언」은 모두 다섯 부분으로 나뉘어져 있는데 첫 부분에서 일제 통치의 가혹성을 강하게 비판했다.

「강도 일본이 헌병정치·경찰정치를 힘써 행하여 우리 민족이 한 발자국의 행동도 임의로 못하고 언론·출판·결사·집회의 일체 자유가 없어 고통과 울분과 원한이 있어도 벙어리의 가슴이나 만질 뿐이오……. 자녀가 나면 '일본어를 국어라, 일본글을 국문이라' 하는 노예양성소-학교로 보내고, 조선 사람으로 혹 조선사를 읽게 된다 하면 '단군을 속여 소전오존(素戔嗚尊)의 형제'라 하며, 일본놈들이 "삼한시대의 한강 이남을 일본의 땅"이라고 적은 대로 읽게 되며… '음모 사건'의 명칭하에 감옥에 구류되어, 주리를 틀고 목에 칼을 씌우고 발에 쇠사슬 채우기, 단근질, 채찍질, 전기질, 바늘로 손톱 밑과 발톱 밑을 쑤시는…… 야만 전제국의 형률(刑律)사전에도 없는 갖은 악형을 다 당하고 죽거나, 요행히 살아 옥문에서 나온대야 평생 불구의 폐질자(廢疾者)가 될 뿐이라.」

일본 식민 지배의 악형을 열거한 신채호는 "우리는 일본 강도정치 곧 이족(異族)정치가 우리 조선 민족 생존의 적임을 선언하는 동시에, 우리는 혁명 수단으로 우리 생존의 적인 강도 일본을 없애는 일이 곧 우리의 정당한 수단임을 선언하노라."라고 단언했다.

둘째, 셋째 부분에서 의열단은 "내정 독립이나 참정권

이나 자치를 운동하는 자가 누구이냐."라면서 일제 식민 지배를 인정하는 선에서 일부 참정권이나 자치권을 획득하자는 개량주의 노선을 강하게 비판했다.

「너희가 '동양 평화' '한국 독립 보존' 등을 담보한 맹약이 먹도 마르지 아니하여 삼천리 강토를 집어먹던 역사를 잊었느냐?……. 참정권을 획득한다 하자. 자국의 무산계급의 혈액까지 착취하는 자본주의 강도국의 식민지 인민이 되어 몇몇 노예 대의사(代議士)의 선출로 어찌 굶어 죽는 화를 면하겠느냐. 자치를 얻는다 하자…. '제국(帝國)'이란 명칭이 존재한 이상에는, 그 지배하에 있는 조선 인민이 어찌 구구한 자치의 헛된 이름으로써 민족적 생존을 유지하겠느냐.」

「조선혁명선언」은 "일본의 강도 정치하에서 문화운동을 부르는 자가 누구이냐?"라면서 "우리는 우리의 생존의 적인 강도 일본과 타협하려는 자나 강도 정치하에서 기생하려는 주의를 가진 자나 다 우리의 적임을 선언하노라"

라고 단정 짓고 있다.

세 번째 부분에서 신채호는 외교독립론을 직접 비난하고 있다.

「(일본이) 조선에 대하여 강도적 침략주의를 관철하려 하는데… 탄원서나 열국공관(列國公館)에 던지며, 청원서나 일본 정부에 보내어 국세의 외롭고 약함을 애소하여 국가 존망·민족 사활의 대문제를 외국인, 심지어 적국인의 처분으로 결정하기만 기다리었도다.」

「선언」은 외교독립론뿐만 아니라 준비론도 비판했다.

「준비론의 범위가 전쟁 이외까지 확장되어 교육도 진흥해야겠다, 상공업도 발전시켜야겠다, 기타 무엇무엇 일체가 모두 준비론의 부분이 되었다……. 입고 먹을 방책도 단절되는 때에, 무엇으로 어떻게 실업을 발전시키며, 교육을 확장하며, 더구나 어디서 얼마나 군인을 양성하며, 양성한들 일본 전투력의 백분의 일이라도 되게 할 수 있느냐? 실로 한바탕의 잠꼬대가 될 뿐이다.」

이런 '잠꼬대'를 극복하는 「선언」의 방책은 간단하다.

「이상의 이유에 의하여 우리는 '외교', '준비' 등의 미몽을 버리고 민중 직접 혁명의 수단을 취함을 선언하노라.」

"조선 민족의 생존을 유지하자면, 강도 일본을 쫓아내어야 할 것이며, 강도 일본을 쫓아내려면 오직 혁명으로써 할 뿐이며, 혁명이 아니고는 강도 일본을 쫓아낼 방법이 없는 바이다"라고 단언한다.

의열단은 "구시대의 혁명으로 말하면, 인민은 국가의 노예가 되고 그 위에 인민을 지배하는 상전, 곧 특수 세력이 있어 그 소위 혁명이란 것은 특수 세력의 명칭을 변경함에 불과하였다. 다시 말하자면 곧 '을'의 특수 세력으로 '갑'의 특수 세력을 변경함에 불과하였다"라고 했다. 또한 "금일 혁명으로 말하면 민중이 곧 민중 자기를 위해서 하는 혁명인 고로 '민중혁명'이라 '직접혁명'이라 칭한다"라고 했고 민중이 주인인 신사회를 건설하는 진정한 혁명을 수행하자고 주창했다. 이를 위해서는 "곧 먼저 깨달은 민중이 민중 전체를 위하여 혁명적 선구가 됨이 민중 각오의 첫째 길이다."라고 말했다.

「선언」은 "3·1운동의 만세 소리에 민중적 일치의 의기가 언뜻 보였지만 또한 폭력적 중심을 가지지 못하였도다"라면서 3·1혁명의 실패 이유를 '폭력적 중심'을 갖지 못했기 때문이라고 보았다. 「선언」은 '민중'과 '폭력'이 혁명의 2대 요소라고 규정하고, 다섯 번째 부분에서 "파괴와 건설이 하나"라면서 파괴 대상을 조목조목 명시했다.

"제1은 이민족 통치를 파괴하자 함이다.", "제2는 특권계급을 파괴하자 함이다.", "제3은 경제약탈제도를 파괴하자 함이다.", "제4는 사회적 불균형을 파괴하자 함이다.", "제5는 노예적 문화사상을 파괴하자 함이다."라면서 이민족 통치와 특권계급의 통치를 모두 반대하며 민중이 주인이 되는 신사회의 건설을 주장했다.

「조선혁명선언」는 호쾌하고 호전적인 구호로 끝을 맺

는다.

「민중은 우리 혁명의 대본영(大本營)이다. 폭력은 우리 혁명의 유일한 무기다.

우리는 민중 속에 가서 민중과 손을 잡고 끊임없는 폭력-암살 · 파괴 · 폭동으로써, 강도 일본의 통치를 타도하고, 우리 생활에 불합리한 일체 제도를 개조하여, 인류로써 인류를 압박치 못하며, 사회로써 사회를 수탈하지 못하는-이상적 조선을 건설할지니라.」

「선언」은 의열단의 지향점과 행동 방침을 명확하게 설파했다. '혁명', '민중', '폭력'은 일제뿐만 아니라 의열단의 직접행동 노선을 과격모험주의로 비난하던 외교독립론자들에게 던지는 경고장이기도 했다.

## 이회영과 신채호

임정의 대통령으로 이승만을 선출하는 것에 반대하고 북경으로 온 신채호는 이회영과 매일같이 만났다. 이규창이 자서전인 『운명의 여진』에서 "우리 집에는 단재 신채호 선생이 매일 내방하여 부친과 환담을 계속하시고", "김창숙 선생도 매일 신 선생과 부친이 토의하시는 것을 뵈었다"라고 적고 있듯이 이회영, 신채호, 김창숙은 서로 뜻이 맞는 동지였다.

이회영 부부는 신채호의 결혼도 주선했다. 숙명여학교를 나와 간우회(看友會) 사건으로 망명해 연경대학(燕京大學)에 유학 중이던 박자혜를 신채호에게 소개한 사람은 이회영의 며느리인 조계진이었다. 박자혜는 3·1혁명

때 총독부 부속 의원 간호사들의 만세 사건인 간우회 사건을 주도하고 망명했는데, 1920년 두 사람이 혼인할 당시 박자혜는 26세였고, 신채호는 41세였다. 그러나 수입이 전혀 없는 독립운동가 · 역사학자와 유학생의 결혼생활이 순탄할 수는 없었다. 이때 북경에서 신채호와 함께 지낸 유자명은 단재의 어려웠던 생활에 대한 증언을 남기고 있다.

"그때 단재 선생에게는 아내와 어린 딸애가 있었는데 살림이 너무 어려워 북경에서 계속 살 수 없어서 아내와 딸을 서울에 보내어 고향 친구인 홍명희에게 의탁하고 살게 하였다. 홍명희는 그때 『조선일보』와 연계되어 있었으므로 단재 선생이 역사 연구에 관한 글을 써서 보내면 그가 『조선일보』에 발표하도록 주선하고 거기서 나오는 원고료를 단재 선생의 부인과 딸의 생활비로 쓰게 하였다. 그때 벌써 마흔이 넘은 단재 선생은 항상 고국에 있는 부인과 딸을 그리워하였고 이로 하여 늘 정신적으로 고통을 받았다. 단재 선생은 이런 괴로운 심정을 나에게 이야기하곤 하였다."

가족을 고국으로 귀국시킨 1922년에 신채호는 이미 43세의 장년이었다. 한국과 중국 신문에 기고한 글의 원고료가 그의 수입의 전부였다. 하지만 어느 중국 신문이 글자 한 자를 고쳤다고 다시는 그 신문에 기고하지 않을 정도로 강한 성격은 그의 경제생활을 더욱 막다른 길로 몰고 갔다.

극도의 궁핍에 시달리던 신채호는 궁여지책으로 1년간 승려가 되기도 했는데, 이 기간에는 의식주 걱정에서 겨우 벗어나 한국사 연구에 몰두할 수 있었다. 이때『조선사통론』,『문화편』,『사상변천편』,『강역고(彊域考)』,『인물고(人物考)』를 저술한 것으로 알려졌지만 전해지지는 않는다. 신채호가 이역만리 타향에서 우리 역사를 지키려고 피눈물 나는 노력을 하고 있을 때 조선총독부 조선사편수회의 이병도·신석호는 일본인 스승들의 총애를 받으며 한국사를 왜곡시키고 깎아내렸다. 해방 80년이 되는 지금까지도 한국에서는 이병도·신석호의 학설을 따르는 식민사학자들이 역사학계의 주류로 행세하고 있는 것이 우리의 부끄러운 현실이다.

1년 후 승복을 벗은 신채호는 이회영의 동생 이호영의 집에서 하숙하던 중 유자명의 요청으로 상해에 가서 「의열단 선언」을 집필한 것이다. 이정규는 이 선언문에 유자명의 의견이 많이 반영되었다고 말하는데 사실상 『조선혁명선언』은 아나키즘의 색채가 강한 글이었다.

의열단은 「조선혁명선언」을 발표한 이후 활동무대를 중국과 국내는 물론 러시아와 일본에까지 넓혀나갔고, 1924년 벽두에 의열단원 김지섭이 일본의 황궁(皇宮)에 폭탄을 투척했다. 의열단은 이후 민족주의와 공산주의 노선으로 분화하는데 전성기인 1920년대 초반의 이념적 색채는 아나키즘이었다.

## 다물단의 밀정 암살

1923년 북경에서 직접행동을 하는 조직인 다물단(多勿團)이 결성되었다. 다물은 '옛 땅을 회복한다'는 뜻의 고구려 말로 일제로부터 조선을 되찾자는 의미의 조직이었는데, 그 결성과 활동을 지도한 인물이 이회영이었다. 다물단은 이석영의 큰아들 이규준과 이회영의 아들 이규학, 유자명, 이성춘 등이 주축이 되어 결성한 조직으로 신채호가 선언문을 작성했다. 하지만 이는 전해지지 않는다.

다물단은 1925년 3월 말 김달하 처단 사건으로 전 중국과 국내까지 떠들썩하게 만들었다. 김달하는 한때 중화민국의 총리를 지낸 단기서(段祺瑞: 1865~1936)의 비서를 지낸 인물이었다. 그는 국내 애국 계몽단체인 '서북학회(西北學會)'에도 참여했으므로 북경 이주 초기에는 독립운동가들의 신임을 받았다. 김달하를 이회영에게 소개한 인물이 김창숙이었다. 그러나 김달하는 점차 친일 본색을 드러내 김창숙을 회유하려 했는데, 김창숙은 자서전인 『벽옹칠십삼년회상기(躄翁七十三年回想記)』에서 이렇게 말했다.

「내가 김달하와 알게 된 것은 이때부터였다. 그는 제법 학식이 풍부하고 이승훈, 안창호와도 친하여 관서의 인물로 일컬어지고 있었다. 나는 그와 상종하며 경사를 토론해 보고 그 해박한 지식에 서로 얻는 바가 있어 기뻤다. 당시 사람들이 그를 일본의 밀정이라고 의심하였는데 나는 실로 눈치 채지 못했다…. 그 뒤 하루는 달하가 서신으로 만나자 하여 갔었다. 이야기로 밤이 깊어져, 그는 천하의 대세를 통론하다가 문득 우리나라 독립운동가들이 파당을 일삼는 데 이르러 독립을 성취할 가망이 없다면서 슬픈 기색으로 눈물을 흘렸다. 그러더니 내 손을 잡고 은근히 묻는 것이었다.

"선생은 근래 경제적으로 자못 곤란한 터인데 숨기지 말고 말씀해 주시오."

"곤란하기야 하지만 분투하는 혁명가의 본색이 그렇지 않겠소?"

…… 그는 다시 나의 손을 굳게 잡고 낙루를 하며 이렇게 말했다.

"선생은 끝내 성공하지도 못할 독립운동에 종사하시는데, 무엇 때문에 이 같이 고생을 사서한단 말입니까? 곧 귀국할 결심을 하여 안락한 가정의 낙을 얻는 것만 같지 못합니다. 내가 이미 선생의 귀국 후 처우 등의 절차를 조선총독부에 보고하여 승낙을 얻어 놓았습니다. 경학원 부제학 한 자리를 비워놓고 기다리고 있으니 선생은 빨리 도모하기 바랍니다."

나는 대노하여 그를 꾸짖었다.

"네가 나를 경제적으로 곤란하다고 매수하려 드는구나. 사람들이 너를 밀정이라 해도 뜬 소문으로 여겨 믿지 않았더니 지금 비로소 헛말이 아닌 줄 알았다."

나는 와락 그의 손을 뿌리치고 돌아와서 김달하가 밀

정 노릇을 하는 실상을 널리 알렸다.」

김달하가 김창숙을 회유하려다 실패한 지 얼마 안 되는 1925년 3월 말 저녁, 다물단원 이인홍과 이기환은 안정문(安正門) 내 차련호동(車輦胡同) 서구내로북(西口內路北) 23호의 김달하의 집을 찾았다. "누구시냐?"라고 묻는 하인을 결박하고 입에 재갈을 물려 한구석으로 몬 다음 안으로 들어갔다. 김달하가 "누구냐?"라고 외치며 권총을 꺼내려 했으나 이인홍이 먼저 제압해서 뒤채로 끌고 갔다. 몇 시간 후 결박에서 벗어난 가족들은 시체로 변한 김달하의 시신을 발견할 수 있었다. 이 사건 계획의 중심에는 다물단원이자 의열단원이었던 유자명이 있었고 이회영과 김창숙도 개입되어 있었다. 유자명이 다물단, 의열단과 합작해 처단한 것이다.

이 사건은 이회영 일가에게 큰 타격을 입혔다. 딸 규숙이 공안국에 붙잡혔다. 이회영의 딸 규숙과 아들 규창은 김달하의 두 딸과 함께 북경의 경사(京師)제일소학교에 다녔으므로 다물단원인 사촌오빠 이규준이 규숙에게 김달하의 집 구조를 물은 것이다. 규숙은 김달하의 딸 유옥(幽玉)과 친했으므로 다음 날 유옥과 함께 그녀의 집에 가서 집의 구조를 살폈다. 규숙이 알아온 김달하의 집 내부 사정을 토대로 다물단이 직접행동에 나서 그를 처단했던 것이다.

중국 공안당국은 대대적인 수사에 나섰고, 규숙이 집안 내부 사정을 탐문하고 갔다는 사실이 밝혀지자 그녀를 연행했다. 『시대일보』는 1925년 6월 18일 자에 북경경찰청에서 "이회영 씨의 영양 이경숙(李卿淑: 16세)을 잡아 삼 개월 동안이나 심문하다가 본월 10일에 심문을 마치고 북경지방 검찰청으로 넘겼다"라고 보도하고 있다. 이경숙이 바로 규숙인데 이 사건으로 1년여 동안 공안국에 구금되어야 했다.

뿐만 아니라 아들 규학도 상해로 급히 도피했는데, 이와중에 규학의 두 딸 학진과 을진이 성홍열로 사망하고 말았다. 이회영의 6개월 된 어린 아들 규오까지 사망해 이회영은 순식간에 아들 하나와 손녀 둘을 저 세상으로 보내게 된 것이다. 딸은 공안국에 구금된 데다 아들은 상해

로 도피하고, 어린 아들과 손녀 둘이 연달아 사망했으니 견디기 힘든 고초였다

## 계속되는 불운

비운은 여기에서 끝나지 않았다. 김달하가 제거된 후 그 내막을 모르던 이회영의 부인 이은숙이 아들 규창을 데리고 조문을 갔는데 이 때문에 독립운동가 사회의 의심을 샀다. 김달하의 소행은 나쁘지만 그 부인 김애란이 가끔 이은숙에게 경제적 도움을 주던 처지였으므로 예의상 조문을 간 것인데 '우당이 김달하의 죽음을 애석하게 여겨 부인을 조문 보냈다'고 알려지면서 물의가 일었다. 한세량의 집에 유숙하고 있던 김창숙과 신채호는 절교 편지를 보내왔다. 김달하의 밀정행위를 성토하고 그 제거를 함께 논의했던 김창숙이 절교하겠다는 내용이 담긴 편지를 보낸 것은 이회영도 김달하의 밀정행위에 연루되어 있을 수도 있다고 의심하고 있다는 것을 뜻했다. 이회영은 이 편지를 받고 그저 탄식했다. 이는 위험한 일이었다. 이은숙 여사의 회고를 들어보자.

"그때의 북경은 우리 독립군의 행동이 대단히 험할 때라. 다물단 한 사람은 육혈포(六穴砲)를 차고 우리 집에 무슨 눈치가 있나 하고 종종 다니니 살얼음판 같은지라."

다물단 조직을 지도한 이회영을 다물단이 감시하는 상황이 벌어진 것이다. 이런 일촉즉발의 상황에서 돌파구를 연 사람은 이은숙이었다.

"내가 무심히 있다가는 가군(家君: 이회영)의 신분이 위험한지라, 하루는 아침 일찍 규창을 데리고 집안 식구들 모르게 칼을 간수하여 단재(丹齋: 신채호), 심산(心山: 김창숙)이 있는 집에 찾아가니 그들은 아침 식사를 하고 있었다."

김달하가 백주에 처단되었듯이 이회영도 김달하와 연결된 일제의 밀정으로 오인받는다면 같은 처지에 놓일 수도 있었다. 실제로 이 사건이 발생한 지 3년 후인 1928년 10월 임시정부 외무총장을 지낸 박용만이 의열단원 이해명(이태룡)에 의해 피살당했다. 박용만은 둔전사업을 벌이는 대륙농간공사(大陸農墾公司)를 운영했는데 국내로 밀행해 총독부 고위 관계자와 밀담을 나눴다는 혐의로 살해된 것이다. 이는 모두 소문일뿐이고 박용만이 밀정이란 객관적 증거는 전혀 없었지만 밀정으로 의심받는 것이 어떤 대가를 치러야 하는지를 보여주는 예다. 이은숙은 김창숙과 신채호에게 "김달하를 당초 우리 영감에게 소개한 사람이 누구냐?"라고 묻고 "지금 당장 내 딸 규숙이 공안국에 잡혀가 있지 않은가?"라고 따진 것처럼 이회영은 김달하 처단 사건과 관련되어 있으면 있었지 밀정행위와는 관련이 없었다. 이규창의 회고에 따르면 당시 이은숙은 이렇게 요구했다고 한다.

"두 분은 나의 영감이 추호도 잘못이 없음을 만천하에 표명하시오. 만약 그렇게 하지 않으면 내가 이 자리에서 자결하고 말겠소."

김창숙, 신채호는 "잘못 알고 그랬다"라고 사과하지 않을 수 없었다. 김창숙은 1927년 상해에서 일제에 체포되어 혹독한 고문 끝에 앉은뱅이가 되었을 정도로 독립정신이 철저한 인물이었고, 신채호 또한 일제에 체포되어 여순 감옥에서 옥사할 정도로 철저한 인물이었으니 일제에 대한 철저한 적개심이 낳은 소동이었다. 이회영은 용감한 부인 덕분에 오해를 풀었다. 자신이 지도한 다물단의 밀정 처단이 물의를 일으켰으니 이 또한 순탄치 않은 그의 운명의 한 단면을 말해주는 것이다.

# 6장

# 극도의
# 빈곤 속에서

## 1. 재중국 조선무정부주의자연맹의 발족

### 무련과 모아호동 사건

북경의 아나키스트들은 1924년 4월 말 재중국 조선무정부주의자연맹(이하 무련)을 결성했다. 결성대회의 참석자는 이회영, 이을규, 이정규, 정화암, 백정기, 유자명 등 6명이었다. 정화암의 회고에 따르면 당시 신채호는 순치문(順治門) 내의 석등암(石燈庵)에 칩거하며 『사고전서(四庫全書)』를 섭렵하고 역사서의 편찬에 몰두하느라 참석하지 못했고, 유림은 성도대학(成都大學)에 재학하고 있어서 참석하지 못했다. 결성 장소는 북경의 아나키스트들이 자주 모이던 이회영의 집이었을 것이다. 무련은 결성된 후 석판(石版) 순간지(旬刊誌) 『정의공보

(正義公報)』를 발행했는데 이회영은 궁핍하게 생활하면서도 발행자금을 부담했다. 『정의공보』는 이회영의 편집 방침에 따라 아나키즘 선전, 독립운동 이론 제공, 공산주의와의 이론 대결, 독립운동 진영 내부의 순수하지 않은 면 등을 비판했다. 일제는 무련에 신경을 곤두세웠다. 의열단처럼 직접적인 실력 행사를 하지 않을까 하는 우려 때문이었다.

실제로 북경의 아나키스트들이 주축이 되어 1923년 늦가을 모아호동(帽兒胡同) 사건을 일으켰다. 북경의 귀족들이 사는 아문구(衙門區) 내 모아호동에서 벌어진 사건이다. 정화암은 천진과 북경 사이를 흐르는 영정하(永定河) 근처의 하천 부지를 개발해 독립운동의 근거지로 만들려는 계획을 세우고, 국내에서 고명복 모녀를 데려왔다. 고명복의 이모는 이근홍(李根洪)의 첩이었는데 이근홍은 순종의 비인 순정효황후의 친정아버지이자 매국노 윤택영(尹澤榮)과 가까운 사이였다. 정화암은 고명복 이모의 자금을 이용하려 한 것인데 고명복은 정화암의 계획이 독립운동과 관련되어 있는 듯하자 태도가 돌변했다.

아나키스트들은 친일파 이근홍이 나라를 팔아 번 돈이니 이를 탈취해 운동자금으로 쓰는 것은 나쁘지 않다고 생각했다. 이들은 고명복 모녀와 친한 정화암의 애인 이자경으로부터 집 구조와 주변 상황을 자세히 들었다. 아문구의 안은 귀족들의 거주처라 경비가 삼엄했으나 김창숙과 이을규, 이정규, 백정기는 귀금속들을 빼내 돌아오는 데 성공했다.

귀족 거주지에서 일어난 이 사건은 다음 날 각 신문에 대서특필되었고, 사람들은 그 대담성에 혀를 내둘렀다. 북경 공안국의 수사진이 총동원되어 수사에 나섰다. 경찰은 고씨 모녀의 집안 내부 사정을 자세히 알 수 있는 사람은 정화암과 이자경밖에 없다고 판단하고 둘의 체포에 수사력을 집중했다. 정화암과 이자경은 북경대학에 다니던 소완규의 대학 기숙사에 숨어 있었는데 정화암의 회고록인『이 조국 어디로 갈 것인가』에는 이때의 상황이 실감나게 묘사되어 있다.

「수사망은 드디어 북경대학에까지 뻗쳐왔다. 나는 우

당 이회영과 의논하여 난친창(滿淸人集居地: 만청인 집거지)으로 갔다. 그곳은 북경대에서 10km쯤 떨어진 곳으로 이시영의 아들 이규창(李圭昶: 이회영 아들과는 다른 인물)이 살고 있었다. 내가 난진창으로 피신한 지 3시간 후에 내가 있던 곳도 수색당했다. 그야말로 간발의 차이였다.

빼앗은 물건도 북경 밖으로 빼내야 했으나 비상망을 피해서 나가는 것은 매우 위험한 일이었다. 그런데 백정기가 그 책임을 맡고 나섰다. 그는 물건을 인력거에 싣고 서직문 밖에서 농사를 짓고 있던 박 노인의 집으로 갔다. 그러나 백정기가 박 노인 집에 도착했을 때 막 경찰이 그곳을 수색하고 나오는 길이었다. 말 그대로 위기일발의 순간이었다. 재치 있는 백정기는 인력거에서 내려 대문 밖에 서 있는 박 노인에게 큰절을 하며 둘러댔다.

“삼촌을 찾아뵈려고 조선에서 오는 길입니다.”

박 노인도 재빨리 사태를 눈치 채고 중국 경찰에게 조선에서 온 조카라고 설명하고는 서로 얼싸안고 반가워했다. 중국 경찰도 이 모습을 보곤 의심하지 않고 돌아갔다.

경찰이 이회영과 나의 관계를 알게 되었으므로 더 이상 난진창에도 머물 수가 없었다. 사흘 만에 다시 천진으로 피신했다. 난진창은 내가 떠난 날로부터 4일 후에 수색당했다.」

그러나 이런 행동은 일시적 자금 융통에 불과했고, 무련은 극심한 자금난을 겪었다. 무련이 『정의공보』를 9호까지 내고는 휴간할 수밖에 없었던 이유도 자금난 때문이었다. 활동자금은 물론 생활자금도 없었다. 무련은 논의 끝에 당분간 각자 분산해 운동의 활력을 찾아보기로 했다. 이회영과 유자명은 북경에 남아 국내와 연락을 취하며 자금 조달 활동을 하기로 했고, 이을규, 이정규, 백정기, 정화암은 상해로 가기로 했다.

## 2. 극심한 자금난 속에서

### 일상이 된 가난

젊은 아나키스트들이 상해로 떠난 이후 이회영의 북경 생활은 점점 더 어려워졌다. 북경의 이안정(二眼井)에서 천안문 남쪽 영정문(永定門) 내의 관음사(觀音寺) 호동(胡同)으로 이사한 이유도 단순히 집값이 저렴하기 때문이었다. 1년에 두어 차례씩 와서 운동자금을 주던 임경호가 구타를 당하고 북경으로의 발길을 끊은 것이 결정적인 타격이었다. 이규창은 이 시절을 "1주일에 세 번 밥을 지어먹으면 재수가 대통한 것"이라며 북경의 최하층민이 먹는 '짜도미[雜豆米]'로 쑨 죽 한 사발로 때우는 때도 많았다고 회고하고 있다. 김창숙의 『자서전』에도 이회영의 어려운 생활 형편이 드러나 있다.

「우당 이회영은 곧 성재(省齋: 이시영)의 형이다. 가족을 데리고 북경에 우거한 지 여러 해가 되었다. 생활 형편이 극난한 모양이었지만 조금도 그러한 기색을 나타내지 않아 나는 매우 존경하였다. 하루는 내가 우당을 집으로 찾아가서 함께 공원에 나가 바람이나 쏘이자고 청하였더니 거절하였다. 그의 얼굴을 살펴보니 자못 초췌한 빛이 역력했다. 내가 마음속으로 의아하게 생각하여 그의 아들 규학에게 물었더니, 이렇게 말했다.

"이틀 동안 밥을 짓지 못하였고 의복도 모두 전당포에 잡혔습니다. 아버지께서 문밖에 나서지 않으려는 것은 입고 나갈 옷이 없기 때문입니다."

나는 깜짝 놀라 주머니를 털어 땔감과 식량을 사오고 전당포에 저당잡힌 옷도 찾아오게 하였다.

이윽고 규학이 의복을 들고 와서 올리니 우당은 이렇게 말했다.

"이것은 심산(心山) 선생한테서 나온 것이 아니냐?"

나는 "선생이 나한테 실정을 말씀하지 않다니 원망스럽소이다." 하고 함께 한바탕 웃었다. 그날부터 우의가 날로 더욱 친밀해졌다.」

이회영은 궁여지책으로 부인 이은숙을 국내로 보내 자금을 구해오게 할 수밖에 없었다. 이때의 광경을 이은숙의 자서전을 통해 보자.

「작별하고 나올 때 가군께서 내가 떠나는 걸 보지 않으려고 그러셨던지, 현숙이가 7세라, 엄마를 따라나서는 걸 저의 부친께서 데리고 들어가며 "네 어머니는 속히 다녀올 제 과자 사고 네 비단옷 해 가져올 거다." 하며 달래시던 말씀이 지금도 역력하도다. 슬프다. 이날이 우리 부부의 천고영결(千古永訣: 영원한 이별)이 될 줄 알았으면 생사 간(生死間)에 같이 있지 이 길을 왜 택했으니요.」

이은숙은 귀국 후 친척과 이득년, 유진태 등에게 다소간 변통해 북경에 보낼 수 있었다. 특히 우당의 의형제인

이 진사가 100원을 주어 부쳤는데 이은숙의 회고대로 "그 돈을 부친 후로는 백 원이란 다시 생각할 수도 없는" 거금이 되었다.

이 무렵 국내의 항일 의지는 크게 약화되었다. 3·1혁명의 기운이 꺾이자 독립은 요원한 것으로 여기는 기류가 강해졌다. 유림의 대표였던 김창숙은 1925년 국내에 잠입해 금강산을 거쳐 부산의 범어사까지 내려가면서 자금을 모금했다. 자신이 직접 왔으니 상당한 자금이 모일 것이라고 기대했지만 실상은 그렇지 못했다. 손에 쥔 것은 극히 적은 자금이었다. 그는 "출국하는 대로 당장 이 돈을 의열단 결사대의 손에 넘겨주어 왜정 각 기관을 파괴하고 친일 부호들을 박멸하여 우리 국민들의 기운을 고무시킬 작정이요……."라고 말하고 다시 중국으로 망명했다. 유림 대표 김창숙이 이 정도이니 활동 공간이 좁은 이은숙의 자금 모금은 더욱 어려웠다. 자신의 한몸을 추스르는 것도 어려워 친척집을 전전하며 일을 도와주는 것으로 호구지책을 삼았다. 이은숙은 국내로 잠입할 때 이미 임신한 몸으로서 귀국한 이듬해 2월에 막내 규동을 순산했으나 이후 산후조리 때문에 활동은 더욱 위축될 수밖에 없었다. 이 진사가 준 100원을 부친 일을 일제 경찰에서 알아차리고 수사에 나섰는데 며느리 조규진이 시집올 때 가져왔던 한복을 판돈이라고 말을 맞추어 구속은 겨우 모면했으나 자금 모금은 더욱 어려웠다.

이은숙은 『동아일보』 사장인 김성수의 동생 김연수가 경영하는 고무 공장에서 여공 생활까지 했다. 유명한 친일파 김연수의 공장에서 일하면서 돈을 모아 북경에 보냈으나 이회영의 형편은 나아지지 않았다. 이회영은 천진에 살던 이석영 일가와 합가(合家)했다. 영의정 이유원이 물려준 만석 재산을 독립운동에 모두 쓰고 한몸의 의탁을 부탁했으니 거절할 수도 없었다. 이 때문에 그렇지 않아도 궁핍한 생활은 더욱 어려워졌다. 이규창은 형수의 입을 빌리는 형식으로 이때의 생활을 자서전에 다음과 같이 적고 있다.

「쌀이 없어 종일 밥을 못 짓고 밤이 다 되었다. 때마침 보름달이 중천에 떴는데 아버님께서 시장하실 텐데 어디서 그런 기력이 나셨는지 처량하게 퉁소를 부셨다…. 사방은 고요하고 달빛은 찬란한 데 밥을 못 먹어서 배는 고프고 이런 처참한 광경과 슬픈 일이 어디 있겠는가. 시어머님도 안 계시는데 아버님 진지를 종일 못해 드리니 얼마나 죄송한가 생각을 했다.」

## 이광이 가져온 자금

이렇게 굶으며 지내던 무렵 구세주처럼 찾아온 인물이 성암(星巖) 이광(李光)이었다. 일본 와세다대학과 중국 남경의 민국대학을 졸업한 이광은 신민회원이었고, 이회영과 함께 경학사와 신흥무관학교를 운영한 동지였다. 그는 임정 외무부의 북경 주재 외무위원을 겸임하며 한중 양국의 외교적 사항을 처리했던 중국통인데 소식이 근 1년여 동안 두절되었다가 불쑥 나타난 것이었다. 그 사이 이광은 섬서성(陝西省) 출신의 중국 국민군 부사령 제2군 군장 및 하남성(河南省) 독판 호경익(胡景翼)의 행정 고문이 되어 있었다. 이광은 호경익에게 상당한 자금을 받아왔다. 이광은 '할 일'이 있다면서 상해의 아나키스트들을 불렀다.

이회영은 이석영을 북경집에 거주하게 하고 자신은 천진으로 이주했다. 천진 프랑스 조계지는 내전 때 부호들의 피난처였기 때문에 집값이 비쌌으나 일본영사관 경찰의 수색을 피할 수가 있어서 거처로 적당했다. 이광의 자금으로 집 두 채를 구해 한 채는 이회영 일가가 살고, 다른 한 채는 상해에서 오는 동지들의 숙소로 삼기로 했다.

상해의 아나키스트들은 무기 중개상 조기천을 통해 권총과 폭탄 10여 개를 구입해서 천진으로 밀반입했다. 이을규, 이정규, 백정기, 정화암, 이상일, 이기인 등 상해의 아나키스트들이 도착하자 천진은 자연스럽게 재중국 한인 아나키즘 운동의 본거지가 되었다. 도착 소식을 들은 이광은 이회영의 집으로 달려와 '할 일'에 대해 설명했다.

그러나 이광의 설명은 실망스러운 일이었다. 결국 호경익 독판의 정적을 제거하는 일이었기 때문이다. 이런 일에 선불리 나섰다가 자칫 한인 독립운동가들의 중국 내 입지가 축소될 수 있었다. 정화암의 회고대로 "잘 돼봤자 소득은 없고 잘못되면 중국 군벌과 싸우게 되어 무모한 희생만 따르는 것"이었다.

그러나 호경익으로부터 상당한 자금을 받았으므로 거행하지 않을 수도 없는 노릇이었다. 이 문제는 호경익이 1925년 말 세상을 뜨면서 해결되었다.

이광이 가져온 자금이 바닥나자 집세가 싼 천진 남개(南開)의 대흥리(大興里)에 방 2칸을 빌려서 이사를 했다. 설상가상으로 생활을 봐 주던 이규룡의 후처 송동집이 병에 걸렸다. 이정규가 프랑스 조계지의 예수교 병원에 찾아가 입원을 호소해서 겨우 입원시켰으나 몇 달 후 타국에서 세상을 뜨고 말았다.

이회영은 양금(洋琴)과 단소, 퉁소 등을 부는 것으로 가난을 잊고 이을규에게도 단소를 가르쳐주었다. 세상이 편안하면 욕심 없이 살아갈 올곧은 선비였으나 그의 양심은 현실 도피를 허락하지 않았다.

이 무렵 상해에서는 한·중·일 세 나라의 아나키스트들이 조직적인 대중운동을 전개하려는 움직임이 일었다. 중국인 아나키스트 진망산(秦望山), 진춘배(陳春培), 양용광(梁龍光) 등이 상해에 노동대학을 설립해 노동운동가를 배출하고, 복건성(福建省)에 농민 자위 조직인 민단편련처(民團編練處)를 설립해 군벌·마적들에 맞서기로 하면서 한국 아나키스트들의 참가를 요청했다.

이을규 형제는 중국인 아나키스트인 이석증 등과 함께 상해노동대학의 주비위원(籌備委員)이 되었는데 중·고등학교도 부설하기로 했다면서 이규창을 보내라는 편지를 보내왔다. 학비가 면제일 뿐만 아니라 장차 대학까지 갈 수 있다는 소식이었으나 상해까지 갈 여비가 없었다. 뱃삯만 6원인데, 모두 합해 2원밖에 없어서 무임승차하는 수밖에 없었다. 선표(船票)가 없으면 식사를 할 수 없었는데 다행히 배에서 만난 오송(吳淞)대학생들이 규창을 '동양귀(東洋鬼: 일본)와 싸우는 고려 독립운동가 자손'이라며 밥을 사주었다.

이규창은 상해의 프랑스 조계 애인리(愛仁里) 12호를 찾았다. 김달하 처단 사건 때 상해로 피신한 형 규학의 거처였다. 이규학은 영국인이 경영하는 전차(電車) 회사의 검표원으로 일하면서 월급의 일부는 임정에 제공하고 나머지로 생계를 유지했다. 그러나 중국 정세가 복잡해지는 바람에 상해 노동대학과 부설 중학교의 개교가 불투명해졌다. 규창은 어렵게 찾아온 상해를 떠나 천진으로 되돌아갈 수밖에 없었다. 그나마 이규학과 이을규·이정규·유자명 등이 여비를 보조해 무전여행을 하지 않게 된 것만 해도 다행이었다. 백범 김구는 "부친께 안부를 여쭈라"라면서 지갑을 몽땅 털어 대양(大洋) 3원을 주었다. 규창은 천진의 명문인 남개(南開)중학교에 합격했으나 등록금이 있을 턱이 없었다. 규창이 어린 나이임에도 학교 창설자인 장백령(張伯玲)을 찾아가 사정하자 "열심히 공부해 한국 독립에 이바지하라"라면서 무료로 입학 수속을 해 주었다. 이회영은 "한 가지 근심은 사라졌다"라고 안도했다.

## 일제의 체포를 피해 수만 리를 걷다

천진 생활에 다시 시련이 닥쳤다. 1927년 4월 말경이었다. 누가 이회영의 천진 집 문을 두드렸다. 이회영은 얼른 문 안쪽에 서서 몸을 감추었고 규숙이 대신 나섰다.

"이회영 씨가 이 집에 살지?"

"이 집에 그런 분 안 계셔요. 그런데 당신은 누구세요?"

"나는 일본영사관에 있는데 이회영 씨를 찾아왔다."

"그런 분 안 계시다니까요."

"방을 좀 봐야겠다."

그는 문 안쪽에 숨어 있는 이회영을 보지 못하고 그냥 돌아갔다. 이회영은 함께 살던 독립운동가인 김사집에게 사정을 알아보라고 요청했다. 김사집은 나석주 의사의 거사 때문인 듯하다고 말했다. 의열단원 나석주는 1926년 12월 28일 서울 남대문통의 동양척식회사 경성지점과 식산은행에 폭탄을 던지고, 뒤이어 총격전을 벌여 경기도 경찰부 다바타 다다쓰구(田畑唯次) 경부보 등 3명을 사살해 세모의 일제를 경악하게 만들었다. 일제는 일체의 보도를 금지하다가 사건이 발생한 지 16일이 지난 1927년 1월 13일에야 보도 금지를 해제했는데, 『동아일보』 호외의 제2면과 3·4면의 대부분을 삭제했을 정도로 민감하게 반응했다.

국내에서 적은 자금을 갖고 온 김창숙이 결사대원을 찾고 있었는데 때 마침 나석주는 북경에서 유자명에게 "저는 폭탄과 권총을 가지고 서울로 가서 일본 원수놈들과 싸우다가 마지막 탄알로 자살하여 나의 생명을 나의 손으로 끊을 생각입니다."라면서 소원을 이룰 수 있도록 도와 달라고 말했다. 유자명은 나석주를 의열단에 가입시키고 김창숙에게 소개했다. 폭탄과 권총, 여비를 넘겨받은 나석주는 중국 선박 이통호(利通號)를 타고 중국인 노동자 마충대(馬忠大)로 위장해 인천에 잠입한 후 서울로 들어와 거사를 일으키고 자결했다.

유자명이 이회영과 상의하지 않았을 리가 없으니 나석주 의사의 거사는 김창숙, 유자명, 이회영이 개입된 사건이었다. 이회영은 구 러시아 공사관 공원으로 피신했으나 추적은 계속되었다. 상해로 피신하기로 결정했으나 두 딸을 데리고 갈 수가 없어서 규숙과 현숙은 천진시에서 운영하는 빈민구제원(貧民救濟院)으로 보내고 규창, 김사집과 함께 상해로 떠나기로 하였다. 여비가 없으니 무전여행을 할 수밖에 없었다. 주변 상인들에게 외상도 많으니 결과적으로는 도주하는 셈이 되고 말았다.

1927년 5월 3일 새벽 세 사람은 몰래 집을 나서 상해로 가는 진포선(津浦線) 철로를 따라 걷기 시작했다. 천진에서 하북성(河北省)을 지나 산동성(山東省) 평원(平原)을 걸어 제남(濟南)까지 걸었다. 그러나 걷는 것도 순탄하지 않았다. 진포선 일대는 군벌들 사이의 내전으로 건물과 도로 대부분이 파괴되어 부서진 벽에 의지해 밤을 보낼 수밖에 없었다. 곤하게 자다 깨서 하늘을 쳐다보면 별만 총총했다. 굶다시피 하며 근 3개월 만에 도착한 곳이 강소성(江蘇省) 서주(徐州)였다.

서주 초입에 도착하자 여관 안내자가 숙박을 권유했다. 돈이 없었지만 김사집은 다짜고짜 따라가 여장을 풀었다. 송호(宋虎: 송호성)가 산동성 제2군단의 사단장으로 있다는 말을 들었다며 그를 찾아보겠다는 것이었다.

송호라면 이회영이 더 잘 아는 사이였다. 신흥무관학교 출신에다가 북경 이회영의 집에 거주한 적도 있었다. 기골이 장대하고 얼굴이 검어서 '흐이티[黑體]'라는 별명이 있을 정도로 친한 사이였으니 사실이라면 지옥에서 구세주를 만난 셈이었다. 여관에서 휴식을 취한 김사집은 제2군단장에게 정중한 서신을 써서 보냈다. 3일 후 병사가 여관으로 군단장의 서신을 가지고 와서 김사집을 찾았다. 여관 주인은 군단장의 서신을 받는 것을 놀란 눈으로 바라보았다. 그러나 편지는 실망스러운 내용이었다. 송호 사단장은 관내에 없고 안휘성(安徽省)에 주둔하고 있는데 거리가 멀어 연락할 수 없다는 내용이었다.

여관비를 마련할 방도가 없어진 이들은 밤중에 몰래 도주하는 수밖에 없었다. 한밤중에 몰래 여관을 나서 철로를 따라 서주에서 2백 리 남쪽에 있는 숙현(宿縣)을 향해 걸었다. 도중에 어느 마을에 들러 하룻밤을 청하니 헛간밖에 없다고 해서 헛간에 옥수수대를 깔고 잠을 청했다. 이회영은 새벽에 측간에 갔다 온 사이 보따리가 없어진 것을 발견했다. 주인은 자신의 집 헛간에서 일어난 일에 대해 모르쇠로 버텼다. 할 수 없이 이규창의 겉옷을 팔아 1원 50전을 마련했다. 드디어 숙현에 도착했는데 숙현에서 남경(南京)까지 4백여 리, 남경에서 상해까지는 8백여 리나 남아 있었다.

이회영은 숙현에서 갑자기 생각을 달리했다. 천진으로 되돌아가겠다는 것이었다. 김사집과 이별하면서 이회영이 겉옷을 판돈 3분의 1을 주었고, 둘은 눈물을 흘렸다. 이회영은 이쯤이면 일본영사관에서 자신을 찾는 것을 포기했으리라는 판단에서 딸들이 있는 천진으로 돌아가기로 한 것이다.

이회영 부자는 다시 서주로 돌아와 석탄 화물차를 타고 석탄광으로 유명한 임성(臨城) 역에서 하룻밤을 묵었다. 천진의 빈민구제원에 편지를 쓰기 위해 지필묵을 구하던 이규창은 역무원이 자신과 같은 천진 남개중학 출신임을 알게 되었고, 그 역무원의 도움으로 겨우 천진까지 도착할 수 있었다.

이규창은 석탄 화물차에서 새까맣게 된 의복을 백하(白河)강변에서 빨아 입고 빈민구제원으로 규숙을 찾아갔다. 천만뜻밖에도 규숙이 큰 보따리를 가지고 나와 저당 잡혀 쓰라며 건네고서는 음식까지 사주었다. 보따리에는 여름 비단옷이 들어 있었다. 아버지와 동생이 온다는 소식에 걱정만 하고 있다가 같이 있던 중국 여자에게 사정을 했더니 의협심 강한 그 여자가 "내 여름 비단옷 몇 벌을 줄 테니 저당 잡혀 쓰라"라고 하면서 빌려주었다는 것이다.

규숙이 준 의복을 전당포에 가지고 가니 주인은 규창에게 "너 참 오래간만이다"라며 5원을 주면서 이것도 많이 주는 것이라 하였다. 이회영이 기다리는 곳으로 가니 매우 피곤한지 벽에 기대앉아 잠을 자고 있었다. 환갑이 지난 노인의 몸으로 수만 리 무전여행을 하는 것은 무리일 수밖에 없었다.

규창은 이회영과 '잔점(棧店: 식사를 스스로 지어 먹는 싼 숙소)'에서 하룻밤을 지내고 국내의 이은숙에게 편지를 보냈다. 무전여행을 한다는 편지에 놀란 이은숙은 부랴부랴 일주일 후에 조선은행을 통해 10원을 보내주었다. 이회영은 그 돈으로 천진 빈민가 금탕교(金湯橋) 소왕장(小王莊)에 방 한 칸을 얻었다. 전당포에 잡힌 이불을 찾아와 덮으니 비록 천진의 빈민가 토방(土房)이지만 몇 개월 만에 처음으로 편안하게 잠을 잘 수 있었다.

그때가 1927년 겨울인데 생활비는 다시 떨어져갔다. 이불을 전당포에 저당잡혀 배고픔을 면했으나 그것도 며칠에 불과했고 춥고 배고픈 상황이 계속되었다. 이규창이 집주인에게 사정을 털어놓자 집주인이 방법을 하나 가르쳐주었다. 새벽 4시에 금탕교 건너 일본 조계나 프랑스 조계의 부잣집 대문 앞에는 밤새 때고 남은 매탄(煤炭) 재를 버리는데 그것을 주워서 때라는 것이었다. 15세의 규창은 집주인에게 자루와 쇠갈퀴 등을 빌려서 영하 20도의 새벽길을 나섰다. 매탄 줍는 아이들을 들의 아이들이라는 뜻에서 '야해자(野孩子)'라고 불렀는데 그 인원이 수십 명이었다. 이들 사이에 경쟁이 심해서 하인이 석탄재를 버리면 얼른 몸을 석탄재 위에 던져 다른 야해자들이 줍지 못하게 해야 주울 수 있었다. 전신을 던져가며 석탄 찌꺼기를 담아 와서 불을 피우니 제법 화력이 강했다.

한기(寒氣)는 면했으나 먹을 것이 없었다. 규창은 옥수수 가루 한 줌에 시장에서 상인이 버린 배추 찌꺼기를 잘게 썰어서 죽을 쑤었다. 오랜만에 따뜻한 데서 옥수수 우거지죽이나마 먹고 잠을 잤으나 이회영의 쇠약해진 몸은 쉽게 회복되지 않았다. 규창이 석탄재를 주워 집에 오니 이회영이 곧 세상을 뜰 것만 같았다. 규창은 당황해서 프랑스 조계지의 서개(西開)에 사는 김형환에게 달려갔다. 김형환은 이광의 외숙으로서 이회영이 천진을 탈출하기 전까지는 자주 만나던 사이였다.

김형환은 깜짝 놀라며 "지금 천진에서는 우당 선생이 근 1년간 행방불명이 되었다고 한다"라며 대양(大洋) 5원을 주었다. 20여 리를 단숨에 달려와 집 근처의 시장에서 쌀과 고기, 야채를 사 음식을 만들어 올리니 이회영은 어디서 났느냐는 말도 없이 다 들었다. 식후에 규창이 자초

지종을 이야기하니 "네 용기가 가상하다"라며 칭찬했다.

세모에 고국에서 부인 이은숙이 부쳐준 20원을 환전하니 대양 25원이었다. 전당포에 맡긴 이불과 겨울옷을 찾아와 편안하게 잠잘 수 있었다. 빈민촌 소왕장(小王莊)에서는 이회영이 화제가 되었다. 내전 때문에 천진으로 피난 와 고생하던 남방귀인이 고향에서 보내온 많은 돈을 받아 생활이 피었다는 소문이 난 것이었다. 이회영이 토방의 백지에다 묵란(墨蘭)을 치고 글씨를 써서 벽에 붙여 놓았기 때문에 집주인은 남방귀인으로 짐작했던 것이다. 한번은 소왕장에 문을 여는 찻집에 왕희지(王羲之)체의 주련(柱聯)을 써주어 융숭한 대접을 받은 적도 있었다. 그러나 이런 일이 생활의 대책이 될 수는 없었다. 바로 이때 김좌진의 친척동생인 김종진이 찾아왔고, 이회영은 그를 아나키스트로 만들었다.

# 7장

# 만주에 피어나는 아나키즘 공화국

## 1. 아나키스트와 김좌진 장군의 연합

### 북만의 김종진

이회영의 설득에 김종진은 북만(北滿)으로 향했다. 둘은 천진 역두(驛頭)에서 작별을 고했다. 김종진은 고향인 홍성을 떠나 만주와 북경, 광동, 베트남을 거쳐 운남까지 떠돌아다니면서 숱한 고비와 만남, 그리고 헤어짐을 겪었지만 천진 역에서 이회영과 작별할 때처럼 북받치는 서러움을 느낀 적은 없었다고 회고했다.

1927년 10월 하순, 천진을 떠난 김종진은 일제의 감시를 피하면서 중동선(中東線) 목단강(牧丹江)역에 내렸다. 김종진은 가장 먼저 백야(白冶) 김좌진을 찾았고, 김좌진은 감격했다. 이때 김좌진은 새 인물을 수혈해야 할 필요성을 강하게 느끼고 있었다.

1920년대 초중반 만주에는 세 개의 군정부가 있었다. 압록강 대안의 서간도에 있던 참의부는 대한민국 임시정부의 직할 군부로서 삼원보와 추가가에 모였던 망명객들이 중심이었다. 그 북쪽에는 길림을 중심으로 정의부가 있었고, 두만강 북쪽에는 대종교인들이 주축이었던 신민부가 있었다. 이들은 각자 행정부와 의회와 사법부, 그리고 군부를 가지고 있었던 준정부였다.

신민부는 1925년 3월 목릉현(穆陵縣)에서 부여족(夫餘族)통일회의를 개최하여 결성했는데, 중앙집행위원장은 김혁이었고, 군사부위원장 겸 총사령이 김좌진이었다. 두만강 북쪽의 각지에서 사는 교민 50만여 명을 관할하는 조직이었다.

신민부 결성 직후인 1925년 6월 만주 군벌 장작림(張作霖)과 조선총독부 경무국장 미쓰야 미야마쓰(三矢宮松)가 이른바 '삼시협정(三矢協定)'을 맺었는데 원래 명칭은 「불령선인(不逞鮮人)의 취체 방법에 관한 조선총독부와 봉천성 정부의 협정」이었다. 한마디로 한국 독립운동가들을 체포해서 조선총독부에 넘기겠다는 협정이었다. 장작림 군벌은 이 협정이 체결된 이후 독립운동가들을 적극적으로 체포해 조선총독부에 넘겼다. 1927년 2월에는 중동선(中東線) 석두하자(石頭河子)에서 중앙집행위원장 김혁까지 체포되어 신민부는 큰 타격을 입었다.

김좌진은 중국 국민당 정부와 한중 연합전선을 결성해 장작림 군벌을 타도하려 했다. 그러나 국민당 측 대표인 공패성(貢沛誠)과 사가헌(史可軒)이 장작림 군벌에게 체포되는 바람에 무위로 돌아갔다.

김종진이 김좌진을 찾아간 때가 바로 이 무렵이었다. 김종진은 김좌진과 상의해 신민부에서 관할하는 북만주 각지를 돌면서 현황을 파악하기로 했다. 김종진은 1928년 새해 초에 여정에 올라 무려 8개월 동안 북만주 각지를 순행했다. 이 또한 일제 및 군벌의 감시망을 피하기 위해 백 리, 이백 리의 눈길을 걸어서 찾아다녔다. 순방을 통해 김종진은 북만주 교포들의 어려운 사정을 제대로 알게 되었다.

교포들은 먼저 중국인 토착 지주들의 일상적인 착취

에 시달렸다. 교포들이 황무지를 애써 개간해 옥토로 만들어 놓으면 빼앗거나 임대료를 크게 올리기 일쑤였다. 일제는 친일파들을 앞세워 교포 사회의 내부를 분열시켰다. 이뿐이 아니었다. 여기에 공산주의 세력들이 교포 확보에 나서면서 분열이 발생했다.

## 신민부와 아나키스트의 연합

김종진은 순방을 마친 후 교포사회를 '경제적 공동체 성격의 농촌 자치 조직'으로 재편한다는 구상을 내놓았다. 4년제 소학교와 3년제 중학교를 설립하고, 중학 출신 중에서 성적 우수자를 선발해 1년간의 단기 군사교육으로 정예 간부를 양성하자는 것 등이었다. 그러나 이런 운동을 실천할 수 있는 인재가 없었다. 김종진은 천진에서 이회영과 나눈 대화 내용을 김좌진에게 전하면서 아나키스트들과의 제휴를 권고하였다. 김좌진은 아나키스트들을 북만으로 부르라고 허락했고 김종진은 천진의 이회영과 상해의 이을규에게 편지를 보냈다.

김좌진이 아나키스트와의 연합전선을 받아들인 데는

신민부의 속사정이 있었다. 신민부는 1927년 12월 김좌진의 군정파(軍政派)와 김돈(金墩) 등의 민정파(民政派)로 나뉘어졌다. 이 무렵 중국 국민당처럼 하나의 통합된 당으로 국가를 운영하자는 '이당치국(以黨治國)' 노선이 확산되면서 참의부·정의부·신민부의 삼부 통합 운동이 일어났다. 그런데 이 3부 통합회의에 신민부의 민정파와 군정파가 각각 대표를 파견함으로써 대표성 문제가 발생했다. 결국 1929년 3월 길림에서 신민부 군정파가 회의를 탈퇴한 상태에서 정의부의 일부와 신민부 민정파, 참의부의 일부가 '국민부'를 결성했다. 신민부 군정파는 정의부 및 참의부 일부와 '혁신의회'를 조직했다.

민정파가 떨어져나감으로써 세력의 보충이 절실할 때 김종진이 아나키스트들과의 연합을 제의한 것이다. 김좌진은 원래 외국에서 시작된 사회이론에 대해서 탐탁지 않게 여기는 편이었다. 김좌진과 신민부의 주축인 대종교인들은 단군의 자손은 모두 한 국민이라는 사상을 바탕으로 중앙집권국가의 건국을 추진했다. 중앙집권제를 부인하는 아나키스트들과 노선을 합의하는 것은 쉽지 않았다. 그러나 아나키즘은 현실에 따라 응용할 수 있는 이론이었으므로 김좌진은 결국 아나키스트들이 주장하는 신민부의 개편에 동의했다.

아나키스트들은 먼저 1929년 '재만(在滿) 조선무정부주의자연맹(이하 연맹)'을 조직했다. 연맹원은 김종진, 이을규를 비롯해 김종진이 만주 각지를 순시하면서 얻은 동지들이었다. 해림의 이붕해·엄형순, 밀산의 이강훈, 석두하자의 김야봉, 산시의 이달, 신안진의 이준근 등 17명이었다. 이붕해는 신민부의 경비대장이었고, 이강훈도 신민부 군정부 소속이었으니 연맹은 신민부와 아나키스트의 연합전선이었다. 연맹은 '무지배사회 실현', '상호부조적인 자유합작', '능력껏 생산하고 수요에 응해서 소비하는 경제질서'를 중심 내용으로 하는 3개 항의 강령을 채택했다. 연맹은 6개 항의 당면 강령을 갖고 있었는데 그중에서 제1항이 "우리는 재만 동포의 항일 반공 사상 계몽 및 생활 개혁의 계몽에 헌신한다"라는 것이었고, 제4항이 "우리는 한 명의 농민으로서 농민대중과 같이 공동 노작(勞作)하여 자력으로 자기생활을 영위하는 동시에 농민들의 생활과 영농 방법의 개선 및 사상의 계몽에 주력한다”라는 것이었다. 그간 만주의 독립운동가들이 자신의 생계를 농민들에게 의지함으로써 야기된 문제들을 ‘한 명의 농민’이 됨으로써 없애겠다는 것이었다. 제6항은 “우리는 항일 독립전선에서 민족주의자들과는 우군적(友軍的)인 협조와 협동작전적 의무를 갖는다”라는 것이었다. 연맹의 정치적 노선은 ‘항일, 반공, 민족주의’로 귀결되었다.

신민부는 1925년 10월에 개최된 총회에서 호당 6원의 의무금을 징수할 것을 결의하고 가능한 지역부터 징수했는데, 공산주의 세력들이 이에 불만을 가진 교포들을 파고들어 ‘독립의 가면’ 운운하면서 비판했다. 신민부는 목릉현 소추풍에 성동사관학교(城東士官學校)를 운영하며 500여 명의 간부를 길러냈는데 이런 일들은 자본 없이는 불가능했다. 신민부는 또한 농사와 군사가 일체인 병농일치제인 둔전제(屯田制)를 군사행정의 기본으로 삼고 있었으므로 일을 하지 않는 것도 아니었다.

그러나 신민부는 이러한 비난에 대응할 이론적 토대가 부족했고 아나키스트들은 운동할 수 있는 공간이 부족했다. 양자의 이런 필요성이 묶여 1929년 7월 한족총연합회(韓族總聯合會: 이하 한족총련)가 출범했다.

## 김좌진 장군, 암살당하다

한족총련의 위원장인 김좌진과 부위원장인 권화산은 모두 민족주의자였다. 아나키스트들은 농무(農務) 및 조직선전위원장 김종진, 교육위원장 이을규 등 실무직을 맡았다. 한족총련은 '한 명의 농민'을 자처하는 새로운 운동방식으로 새바람을 일으켰다. 이들은 '집단부락(集團部落)'을 건설하고 이를 '협동조합'으로 묶어 자치적으로 운영하고 학교를 설립해 경제와 교육이 유기적 관계를 맺는 안정적인 농촌사회를 만들려고 했다. 또한 농한기에는 군사 교육을 해 독립군을 양성하려 했다. 한족총련의 교육위원장인 이을규는 한족총련에 대해 "중국 지주와 중국 관청과의 토지 매매, 임대 등의 교섭을 대행해 준다고

하니 이런 고맙고 편리한 일이 또 있겠는가, 이것이야말로 하늘에서 떨어진 복이요, 캄캄한 밤중의 햇빛이었다."라고 평가할 정도로 교포들로부터 큰 공감을 얻었다.

한족총련이 농민들의 지지를 받으며 세력을 확장하자 일제뿐만 아니라 공산주의 세력도 긴장했다. 북만주는 소련의 영향력이 직접 미치는 곳이어서 다른 지역보다 공산주의 활동이 활발했다. 한족총련은 해림(海林) 지역이 중심이었고, 공산주의 세력은 인근 영안(寧安) 지역이 중심이었는데, 정화암이 "해림을 중심으로 한 한족총련 지역과 영안현을 중심으로 한 공산 지역은 항상 팽팽한 대결 상태에 있었다. 어쩌다 잘못하여 상대방 지역으로 들어가게 되면 서로 죽고 죽이는 비극이 벌어지기도 했다."라고 회고할 정도로 양측 사이의 긴장이 팽팽했다.

한족총련의 활동에 위기감을 느낀 공산주의 세력은 암살이란 극한적인 방법을 택했는데, 김좌진이 그 대상이었다. 한족총련은 교포들이 도정(搗精) 과정에서도 중국인들로부터 큰 피해를 입자 산시(山市)에 정미소를 차려 운영했다. 1930년 1월 20일, 김좌진은 정미소에서 공산주의자 박상실에게 저격당해 숨을 거두고 말았다. 일제가 그토록 제거하려고 애쓰던 청산리대첩의 영웅이 같은 동포의 손에 사라지자 일제는 쾌재를 불렀다. 만주에는 화요회파, 서울·상해파, ML파 등 3개 파의 공산주의 세력이 서로 경쟁하고 있었는데, 그중에서 김좌진을 암살한 조직은 화요파 만주총국이었다.

김좌진이 암살되자 김종진·엄형순·이붕해 등의 아나키스트들은 박상실의 배후를 김봉환으로 지목하고 예배당에 숨어 있던 그를 잡아 조사한 후 처형했다.

한족총련은 「고(故) 백야 김좌진 장군 사회장장의위원회」을 결성해 장례를 치르기로 했으나 영하 20~30도의 엄동설한에 땅을 팔 수가 없어 우선 초빈(初殯)하여 안치했다가 봄에 장례를 치러야 했다. 그해 4월 중순 북만에 봄이 깃들자 해림과 산시 사이의 석하역(石河驛)역 동북방 산록에 이 독립군 맹장의 시신을 묻었다.

## 재중국 조선무정부주의자 대표회의

김좌진 장군의 공백은 권화산 등 기존의 신민부 간부들과 김종진 · 이을규 등 아나키스트들이 메우면서 활동을 계속해 나갔다. 문제는 운동자금이었다. '한 명의 농민'을 자처하다 보니 운동자금이 절대적으로 부족했다.

이때 북경에서 복음이 전해졌다. 국내의 아나키스트 신현상이 막대한 운동자금을 구해왔다는 소식이었다. 충남 예산 출신의 신현상은 고향에서 미곡상을 하는 친지 최석영이 호서은행(湖西銀行)에 신용이 있다는 점을 이용해 함께 8만 원의 거금을 빼낸 후 중국으로 망명했다. 재중국 조선무정부주의자연맹은 이 자금을 어떻게 활용할 것인가를 두고 재중국 조선무정부주의자 대표회의를 개최했다. 북만의 김종진과 이을규는 일제의 감시가 심한 중동선을 수천 리 우회해 3일 만에 천진에 도착했다. 김종진·이을규는 가장 먼저 이회영을 찾았고 소왕장 빈민촌에 나타난 두 젊은 동지를 보고 이회영은 눈물을 흘렸다.

상해와 복건 등지의 아나키스트들도 북경으로 올라와 재중국 조선무정부주의자 대표회의가 열렸다. 김좌진이라는 큰 별은 떨어졌지만 북만의 운동에 새바람을 일으켜 커다란 성과를 거두고 있다는 김종진의 보고에 아나키스트들은 고무되었고, 만주 운동에 전력을 기울이자고 동의했다. 장차 독립전쟁을 일으키려면 만주 교포들의 무장 이외의 방법이 없다는 데 이의를 제기할 인물은 아무도 없었다.

연일 계속된 회의에 체력의 한계를 느낀 이회영은 아들 이규창을 대신 참석시켰다. 만주라는 운동 공간과 활동자금과 사람까지 있었으니 독립운동사에 새로운 전기가 마련되리라고 믿어 의심치 않았다.

이때 예기치 않은 사건이 발생했다. 새벽녘에 아나키

스트들의 숙소를 중국 경찰을 앞세운 일본영사관 경찰이 습격한 것이다. 김종진, 이을규를 비롯해 돈을 가져온 신현상, 최석영, 차고동, 그리고 민국대생 정래동·오남기·국순엽과 김성수, 이규창까지 체포되어 중국 경찰서에 갇혔다.

신현상과 최석영이 북경에 잠입했다는 정보를 입수한 일제가 조선 강도단이 잠입했다는 거짓 정보를 퍼뜨리며 중국 경찰을 이끌고 숙소를 급습했던 것이다. 아나키스트들은 국내로 압송되면 장기간 투옥은 물론 경우에 따라 사형까지 각오해야 했으므로 절체절명의 위기였다. 만약 유기석(일명 유서)이 없었다면 이들의 운명은 예측하기 어려웠을 것이다. 중국 대학을 졸업한 유기석은 중국 정계에 지인이 많았는데 북경 시장 장음오(張蔭梧)도 아나키스트 동지였다. 유기석은 장음오에게 달려가 일제의 간계라고 주장한 결과 실제 국내에서 자금을 들여온 신현상과 최석영을 제외하고 모두 석방될 수 있었다. 석방된 것은 천만다행이었으나 문제는 사라진 운동자금이었다. 이 자금을 바탕으로 세웠던 계획, 특히 만주에서의 운동 계획이 물거품이 되버린 것이었다.

## 일본 조계지의 은행을 털다

이규창에게 사건 경위를 들은 이회영은 즉각 이사하기로 결심했다. 이규창까지 한때 구금되었으니 일제가 자신을 찾아낼 것이라 판단한 것이다. 이회영은 금탕교 건너편에 있는 금탕교장(金湯橋莊)을 새로운 숙소로 정해 이사했고, 북경의 동지들에게 이 사실을 알렸다. 이을규, 백정기, 오면직, 장기준, 김성수, 김동우 등이 천진으로 찾아와 근처에 큰방을 구해 함께 거주하게 되었다. 그러나 북만에서 활동하는 데 필요한 자금의 마련이 숙제였다. 이때 송순보와 김지건이 이회영에게 이렇게 제안했다.

"일본 조계의 한복판인 욱가(旭街)에 있는 중일합자은

행 정실은호(正實銀號)를 터는 것이 어떻겠습니까?"

마작판을 털자는 의논까지 나오던 상황이었으므로 일본 자본이 주축인 중일합자은행을 터는 것으로 의견이 모아졌다. 중국의 사법권이 미치지 못하는 일본 조계지 한복판에 있으니 양심에 거리낄 것도 없었다. 경계가 극도로 삼엄했지만 아나키스트들은 이틀 후를 거사 날짜로 잡았다.

거사 날에는 장기준, 양여주(오면직), 송순보, 김동우, 김성수 등이 권총을 휴대하고 일본 조계지를 향해 길을 떠났다. 정화암은 그들이 돌아올 길목에서 기다렸고 이회영은 젊은 동지들이 무사히 돌아오기만을 간절히 기도했다.

양여주와 장기준은 창구에서, 김지강과 김동우는 정문과 후문에서 동시에 총을 뽑은 시간은 12시 15분이었다. 천진에서 가장 경비가 삼엄한 일본 조계지 한복판, 그것도 대낮에 나타난 권총의 사내들을 보고 은행원들이나 손님들은 경악했다. 이들은 은행원을 시켜 자루에 돈을 담게 했다. 책상 위에 놓인 돈을 담은 후 금고문을 열라고 했으나 은행원이 금고에 돈이 없다고 변명했다. 금고에 돈이 없을 리는 없지만 옥신각신할 시간이 없었고, 돈만이 목적인 은행강도가 아니므로 총을 쏠 수도 없어서 주는 것만 받아 가지고 나왔다. 숙소에 돌아와 세어보니 기대했던 액수에는 미치지 못했지만 그런대로 다급한 대책은 세울 수 있는 3천몇백 원이 들어 있었다.

다음 날 『중국대공보(中國大公報)』를 비롯한 도하의 각 신문에는 이 사건이 대서특필되었다. 신문은 이들이 은행을 빠져나간 지 불과 2~3분 후에 경찰이 출동했고 30분 뒤에 일조계에 비상경비망이 쳐졌다고 보도했다. 조금만 지체했으면 백주에 시가전이 벌어졌을 것이었다.

중국 경찰도 모든 수사력을 동원해 범인 체포에 나섰다. 현금을 가지고 빨리 천진을 떠나야 했다. 돈을 옮기는 것은 정화암이 맡기로 했다. 정화암은 개찰구를 무사히 빠져나와 북경행 기차를 탔으나 차내 검표원 옆의 조선인 편의대원(便衣隊員)이 승객을 감시하였다. 출구에서 편의대원이 갑자기 가방을 낚아채 흔들어보다가 돌려주었다. 정화암은 가방을 받아 세 번이나 차를 갈아타며 돌아서 민국대생 정래동의 숙소로 갔다. 나중 알고 보니 편의대원의 목적은 아편 장사의 단속이었다.

이 자금을 다시 만주로 옮겨야 했다. 그 전에 혼기가 찬 규숙을 장기준과 혼인시켰다. 둘은 소박하지만 엄숙한 예를 치르고 부부가 되어 만주로 떠나게 되었다. 국내의 이은숙 여사는 어머니도 모른 채 혼사를 치른 것이 못내 섭섭했지만 어쩔 수 없는 상황이었다.

1930년 9월경 천진의 아나키스트들은 만주로 떠나고 이회영은 복건성의 농민 자치운동에 가담할 계획으로 규창과 상해로 갔다. 한꺼번에 움직이는 것은 위험했으므로 3진으로 나누었다. 제1진은 막 결혼한 장기준과 이규숙, 현숙이었고, 제2진은 백정기와 오면직(양여주), 제3진은 정화암 등이었다. 하루씩 차이를 두고 천진을 떠나 북만주로 향했다. 규숙 자매가 몸속과 짐에 권총 10여 정과 폭탄 10여 개를 감추고 도착하자 "역시 혁명가의 자제"라고 감탄하는 말이 나왔다.

이들의 가세로 한족총련은 새로운 전기를 맞이했다. 한족총련은 교민들의 자치로 모든 것을 결정하기로 하고,

1년에 한 번씩 각 지역 대표자 총회를 열어 모든 중요한 사항을 결정했다. 일제, 공산주의 세력과의 싸움을 위해 각 지방 단위의 자위대를 편성해 지역 경비를 맡게 했다. 또한 총회를 통해 자유연합에 의한 지방자치제로 전환하기로 했는데, 한족총련 중앙 부서의 민족주의 성향 간부들이 반발하기도 했다. 중앙집권제를 지향하는 민족주의자들과 자유연합에 의한 지방자치제를 추구하는 아나키스트들 사이에 충돌이 일어날 수 있음을 시사하는 것이었다. 결국 1931년 여름 대종교 출신의 민족주의자들은 한족총련을 탈퇴했다.

공산주의 세력도 공세를 펼쳤다. 이들은 다시 한족총련 간부의 암살에 나섰다. 한족총련 간부차장인 이준근과 김야운이 살해당했다.

김좌진의 사후에 한족총련을 이끌던 김종진도 암살 대상이 되었다. 김종진은 1931년 7월 11일 해림역 앞에 있는 조영원의 집에 갔다가 납치당했다. 1931년 9월 11일 자『동아일보』는 김종진이 박래춘, 이백호, 이익화 등에게 살해되었다고 보도하고 있다. 그의 나이 31세, 한창 조국 광복에 매진할 연부역강한 나이였다.

한꺼번에 맹장 셋을 잃은 한족총련은 망연자실했다. 병 때문에 상해로 호송된 백정기까지 네 명의 활동가가 사라진 것이었다. 이때는 일제라는 같은 적을 둔 세력끼리 세력 다툼을 할 때가 아니었다.

## 일제의 만주 전역 점령

1931년 9월 18일, 관동군 장교들은 심양(봉천) 북쪽 유조구(柳條溝)의 만철선로(滿鐵線路)를 폭파시켜 놓고 중국군의 소행이라고 우기며 만주를 침략했다. 이것이 만주사변, 곧 9·18사건이었다. 이는 관동군의 일부 영관급 장교들이 도쿄의 수상이나 대본영의 재가를 받지 않고 독단적으로 일으킨 사건이었다. 관동군 사령관 혼죠 시게루(本庄繁) 대장, 참모장 미야께 미쓰노리(三宅光治) 소장 등이 아니라 봉천특무기관장인 이시하라 간지(石原莞爾) 중령이 주도한 것이었다.

국민당의 장개석은 일제가 만주에서 도발할 것임을 예견하고 있었다. 장작림의 아들로 만주 군벌의 뒤를 이은

장학량(張學良)은 이 무렵 북경 협화의원(協和醫院)에서 신병을 치료받고 있었다. 장학량은 9월 12일 장개석의 요청으로 북경 근교 석가장(石家庄)에서 회동했다. 장개석은 일본군이 도발하더라도 즉각 응전하지 말고 국제연맹에 제소하는 외교적 방식을 택하자고 제안했고 장학량은 이를 받아들였다. 9월 18일 일본군이 도발해 올 때 장학량이 휘하의 동북군에게 싸우지 말 것과 무저항·철퇴를 명령한 것은 이 때문이었다. 장학량의 동북군(東北軍)은 30~50만으로 추산되었는데 이들이 적극적으로 항전했으면 일제가 만주 전역을 차지하기는 쉽지 않았을 것이다. 그러나 장개석과 장학량의 판단 착오로 일제는 만주 전역을 손쉽게 장악했다.

관동군의 일부 장교들이 만주 전역을 장악하는 것을 목표로 도발한 것으로 나타나자 일본 본토의 국민들과 언론들은 크게 칭송했고, 일제는 다음 해 3월 1일 소위 『건국건언』을 발표하여 청의 마지막 황제인 부의(溥儀)를 집정(執政)으로 하는 '만주국'을 수립했다. 1934년 3월 1일에는 만주국을 '만주제국(滿洲帝國)'으로 개칭하고 부의가 황제의 자리에 올랐으나 일본의 꼭두각시일 뿐이었다.

한족총련은 물론 만주 내의 모든 독립운동 세력은 일제의 만주 전역 점령이라는 새로운 정세에 대응해야 했다. 국민부가 모체가 되어 결성한 조선혁명당의 조선혁명군은 중국인 항일부대들과 한중 연합작전을 펼쳤다. 조선혁명군 총사령 양서봉이 이끄는 조선혁명군 1만여 명과 중국의용군 2만여 명이 연합한 한중 연합군은 1932년 3월부터 7월까지 홍경현(興京縣) 능가(陵街)전투를 치러 일만(日滿) 연합군을 격파하는 등의 성과를 거두었다.

또한 한족총련이 모체가 되어 결성한 한국독립당은 산하에 한국독립군을 두었는데 이 또한 한중 연합군을 결성해 1932년 9월 쌍성보(雙城堡)전투에서 일만군(日滿軍)과 격전을 치렀다. 이들은 여러 번 승리를 거두었으나 일본 본토에서 일본군 병력이 속속 증원되었기에 결정적 승리를 거둘 수는 없었다.

한족총련의 아나키스트들은 만주에서 철수하기로 결정했다. 8월 하순에 철수를 시작했는데 김좌진의 처제인 나혜정의 도움으로 겨우 산해관의 남쪽으로 철수할 수 있었다. 이회영의 사위 장기준과 규숙·현숙은 일단 장춘(만주국의 수도인 신경)으로 피신했고, 송순보는 남만주로 피신했다. 새로운 활동 공간에서 새로운 투쟁을 시작하기로 한 것이다.

# 8장

# 국제도시 상해에서 투쟁하다

## 1. 상해, 새로운 활동 무대

### 남화한인연맹을 결성하다

이회영이 상해로 떠날 준비를 하던 1930년 10월 중순 막내동생인 호영이 찾아왔다. 그 많은 재산을 독립전쟁에 다 쏟아부었기에 형제의 수중에는 돈 한 푼 없었다. 이틀을 자고 북경으로 떠나는 동생에게 이회영은 여비의 일부를 나누어주었는데 이것이 둘의 마지막 이별이 되고 말았다. 이호영과 그 아들 형제 등은 1931~32년경 북경에서 모두 사망했다고 전해질뿐 자세한 경위는 아직도 알 수 없다.

이회영은 그해 10월 말 규창과 상해에 도착했다. 상해의 프랑스 조계 애인리에 다물단 사건으로 피신한 아들 규학이 전차 검표원으로 일하며 살고 있었다. 이회영은 규학의 집 근처에 규창과 거주하면서 식사는 규학의 집에서 했다.

이회영의 도착 사실이 전해지자 임정 요인들은 환영 만찬을 베풀었다. 김구·이동녕·이시영·조완구·조소앙·김두봉·홍남표·이유필·조상섭·안공근 등 임정 요인들은 만찬에서 우당이 상해에 왔으므로 우리 독립운동의 앞길에 한층 더 많은 희망을 가질 수 있게 되었다고 환영했다.

상해에는 형 석영과 동생 시영도 살고 있었다. 규창은 상해로 온 후 임시정부의 부설 학교인 인성학교(仁成學校)를 다녔다. 인성학교는 여운형·손정도·안창호·김두봉·김승학·조상섭·선우혁 등 저명한 독립운동가들이 교장이나 교사로 있었는데, 『일본 외무성 특수조사문서』에 따르면 이규창이 이 학교에 다닐 무렵인 1929년~32년에는 50여 명의 학생이 다니고 있었다.

1931년 9월 하순경부터 만주를 탈출한 동지들이 상해로 모여들면서 상해는 아나키즘 운동의 중심지가 되었다. 백정기, 원심창, 박기성, 엄형순, 김성수, 이달 등은 방

하나를 얻어 함께 자취했다. 수중에 가진 돈이 없어서 안남미(安南米)와 저린 고등어 반찬 하나가 식사의 전부였지만 항일 의지만은 드높았다.

이회영과 젊은 아나키스트들은 남화한인청년연맹(南華韓人青年聯盟: 이하 남화연맹)을 결성했다. 이회영, 유자명, 백정기, 정화암, 이강훈, 엄순봉, 오면직, 김동우, 김광주, 나월환, 이용준, 박기성, 원심창, 김광주, 이규창 등이 참석한 창립대회에서는 이회영이 의장에 추대되었다. 그러나 이회영은 이를 거절했다.

"내가 의장직을 감당하지 못해서가 아니라 장래에 조직을 이끌어갈 사람은 여러분이니 여러분 중에서 의장이 나와야 한다는 뜻이오."

이회영은 유자명을 의장으로 추천했고, 젊은 동지들은 "앞으로도 노 선생의 지도 편달을 바란다"라며 유자명을 의장 겸 대외 책임자로 추대했다. 남화연맹은 산하에 남화구락부(南華俱樂部)를 두고 기관지 『남화통신(南華通信)』을 발간했다. 기관지 인쇄는 이규창이 맡았는데 이규창은 자서전 뒤에 남화한인청년연맹의 강령·규약·선언을 덧붙였다. "우리는 일체 조직은 자유연합의 원칙에 의거한다"라는 전제 아래 "절대 자유·평등의 이상적 신사회를 건설코자 한다"라는 등의 강령을 가지고 있었다. 선언문에서는 일제의 식민 통치와 왕정 및 자본주의·공산주의 국가를 비판하면서 절대적인 자유연합 사회의 구현을 주장했다. 남화연맹은 "압박자의 지위에 있는 자를 모조리 타도하고 무정부자유의 신사회를 건설하기 위해 모이자! 청년 아나키스트 기치 아래 모이자!"라고 주창했다.

## 남화연맹의 직접행동

남화연맹은 '일제 요인 암살, 일제 기관 폭파' 등의 직접행동을 하기 위한 조직이었다. 문제는 활동자금이었는데 중국 아나키스트인 왕아초(王亞樵)와 화균실(華均實)이 이회영과 정화암을 찾아와 항일 공동전선을 펴자고 제의하면서 이 문제가 해결되었다. 왕아초와 화균실은 중국 정계의 핵심과도 선이 닿아 있었는데 안휘성(安徽省) 출신의 왕아초는 광동성과 광서성을 기반으로 하는 서남(西南) 계열의 정치 세력인 호한민(胡漢民), 백숭희(白崇禧), 이종인(李宗仁) 등과 깊은 관계를 맺고 있었고, 중국군의 핵심인 상해 주둔 19로군과도 밀접한 사이였다.

1931년 10월 말 상해의 프랑스 조계지에서 한·중·일

세 나라의 아나키스트들이 '항일구국연맹(抗日救國聯盟)'을 결성했다. 이회영, 정화암, 백정기 등 7명의 한국인과 왕아초, 화균실 등 7명의 중국인, 그리고 사노(佐野), 이토오(伊藤) 등의 일본인 아나키스트들이 참여했다. 항일구국연맹은 기획부·선전부·연락부·행동부·재정부의 5부를 두었는데 의장 격인 기획위원은 이회영이었고, 왕아초는 재정부를 맡았다.

왕아초는 남화연맹과 항일구국연맹에 매달 재정적인 지원을 하다가 한인들이 경제 문제를 스스로 해결하도록 해 주겠다며 프랑스 조계 내 성모원로(聖母院路)에 인쇄소를 차려주고, 조계 밖에는 미곡상을 차려주기도 했다. 또 한인 동지 몇 사람을 19로군에 집어넣고, 19로군을 통해 무기를 가져오기도 했다.

이회영과 정화암, 왕아초 등은 아래와 같은 목표를 세웠다.

1. 적 군경 기관 및 수송 기관의 조사 파괴, 적 요인 암살, 중국 친일 분자 숙청

2. 중국 각지의 배일 선전을 위한 각 문화기관의 동원 계획 수립, 선전망 조직

3. 이상에 관한 인원 및 경비의 구체적인 설계

항일구국연맹은 산하에 흑색공포단(黑色恐怖團)을 두었다. 흑색공포단은 이회영과 정화암이 지휘했는데 왕아초가 재정과 무기까지 공급하자 과감한 직접행동을 전개했다. 그중의 하나가 국민정부의 거물로서 일본에 유화적이던 왕정위(汪精衛)를 상해 북군역(北軍站)에서 저격한 일이었다. 왕정위는 나중에 한인(漢人) 민족 반역자를 뜻하는 한간(漢奸)으로 지목되는데 그의 저격에는 한인 이용준과 중국인 화균실, 일본인 사노가 함께했다. 그러나 왕정위에게는 부상만 입히고 그 부관은 절명케 했다.

흑색공포단은 일제의 화북 교통 요지인 천진을 맹타해 수송선의 운행을 중단하려고 계획했다. 유기석과 이용준은 상해에서 올라와 북경의 정래동·오남기·국순엽 등과 가세했다. 1931년 12월 유기석은 육군과 군수물자를 싣고 입항한 11,000톤급의 일청기선에 폭탄을 던져 선체 일

부를 파손시키고 많은 사상자를 내었으며, 같은 시각 이용준은 천진 일본영사관에 폭탄을 던져 영사관 건물을 파괴했다. 또한 복건성 하문(廈門)의 일본영사관에도 폭탄을 던져 폭파시켰다.

이 모든 일이 불과 며칠 사이에 발생한 것이었다. 중국 내의 각 신문은 이를 항일구국군의 활동이라고 대서특필했다. 자금과 무기를 공급할 수 있게 되자 짧은 시간 안에 이런 일들을 전개했던 것이다.

중국인 왕아초는 장개석 암살을 제의하기도 하였다. 정화암이 "왕아초의 정치적 활동을 살펴보면 그는 무정부주의자라기보다 정치에 관계하여 테러를 책동하는 유민"이라고 말한 것처럼 국민당 내의 파벌과 연결된 인물이었다. 장개석을 제거하고 자신과 가까운 호한민·백숭희·이종인 등의 서남파가 집권하면 한국 독립운동에 큰 도움이 된다는 논리로 정화암을 설득했다. 장개석의 휴양지인 여산까지 무기도 운반해 주겠다는 제의였다. 그러나 장개석 암살도 어렵지만 설혹 성공한다고 해도 새 정부가 한국 독립운동을 적극적으로 도울 것이란 보장도 없었다. 만일 실패해서 장개석을 저격하려 했던 사실이 밝혀지면 한인 운동가들은 곤란한 처지에 빠질 것이었다.

한인 아나키스트들은 이중 정책을 쓸 수밖에 없었다. 왕아초의 요구를 받아들이는 척하고 실제 저격은 하지 않는 절충안이었다. 백정기는 양여주와 함께 여산으로 갔는데, 무기를 여산까지 운반해 준 왕아초는 이제나저제나 암살 소식을 기다리고 있었다. 정작 신문은 장개석의 저격이 아니라 그가 여산을 떠났다는 사실을 보도하고 있었다. 상해로 돌아온 백정기와 양여주는 실망감을 감추지 못하는 왕아초에게 워낙 경비가 심해 어쩔 수 없었다고 변명했지만 정화암에게는 저격하려고 마음만 먹었다면 얼마든지 가능했다고 말했다.

## 백정기와 윤봉길의 엇갈린 운명

흑색공포단의 활동은 1932년 2월에 발생한 상해사변으로 인해 급격한 전환을 맞이하게 된다. 일제가 상해까지 점령하려 한 사건이었다. 심양의 노구교를 끊어놓고 중국군의 소행이라 우기며 만주를 전면 침공한 일제는 상해의 중국인을 매수하여 일본 일련종(日蓮宗)의 탁발승을 저격하게 했다.

이를 구실로 1932년 1월 28일 일본 해군육전대가 상해 점령에 나서자 중국의 19로군(十九路軍)과 장치중(張治中) 근위부대가 저지에 나섰다. 채정해(蔡正楷)가 이끄는 중국 19로군은 예상과는 달리 일본의 해군육전대를 거듭 패퇴시켰다. 일제는 남경의 장개석 정부에 압력을 넣어

19로군의 즉각 해체와 배상을 요구했다.

장개석 정부는 일본과의 전면전을 치를 역량이 부족하다는 판단 아래 채정해에게 전투 중지와 즉각 후퇴를 명령했으나 19로군은 이를 거부하고 계속 항전했다. 일제는 본국에서 시라카와 요시노리(白川義則) 대장과 조선군 사령관을 지낸 우에다 겐키치(植田謙吉) 중장이 이끄는 96사단 등 3개 사단을 파견했다. 확전을 우려한 장개석이 증원군을 파견하지 않아 19로군은 고립된 상태에서 고군분투하다가 결국 상해를 포기하고 말았다. 일제가 상해까지 점령한 것이다.

상해사변은 항일구국연맹의 진로에도 큰 변화를 불러왔다. 19로군의 선전은 많은 지지를 받았지만 장개석 정부의 전투 중지 명령을 어겼기 때문에 19로군과 남경 정부 사이에는 긴장감이 흘렀다. 항일구국연맹의 왕아초는 19로군을 배경으로 활동하는 인물이었으므로 남경 정부는 왕아초를 요주의 인물로 주시했다. 더구나 국민당 정부의 비밀경찰 격인 남의사(藍衣社)의 두월생(杜月笙)과 왕아초는 양립할 수 없는 견원지간이어서 왕아초와 화균실은 홍콩으로 피신할 수밖에 없었다.

일제가 상해 전승 축하식 겸 일왕의 생일인 천장절(天長節) 기념식을 성대하게 열기로 했다는 정보를 입수한 남화연맹은 이날을 거사일로 삼았다. 기념식장인 홍구공원(虹口公園: 현 노신공원)에 폭탄을 투척하기로 한 것이다. 남화연맹의 정화암은 일본인 종군기자를 통해 기념식에 대한 자세한 정보를 들었다.

실행을 자청한 인물은 백정기였는데 상해를 점령했다고 자만에 빠져 있는 일본군 고위 장성들을 저승길 동무로 삼겠다는 의기가 대단했다. 그는 자신이 지금까지 살아온 것이 이 일 때문이었다며 거사가 성공한 듯 기쁨에 들떠 있었다. 임정 주석 김구는 김오연을 정화암에게 보내 남화연맹에서 거사를 준비하는지 탐문했고, 김구의 의도를 읽은 정화암은 거사 계획이 없다고 잡아뗐다. 그는 역으로 임정의 윤봉길이 당일 11시 조금 넘어 거사한다는 정보를 입수했다. 11시경이면 식전에 참석한 외국 사절들이 전부 퇴장하고 일본 고관들과 군인들만 남게 되므로 외국과의 관계를 고려해서 이때 투탄하려는 계획이었다.

남화연맹은 임정보다 앞선 10시경에 폭탄을 던지려는 계획을 세웠다. 외국 사절들이 다소 피해를 입을지라도 나라를 빼앗긴 민족으로서 당연한 저항이라고 판단했다. 왕아초를 통해 폭탄도 입수했으니 남은 문제는 식장 입장뿐이었다. 한인이나 중국인은 물론 상해의 일본인 거류민들조차 일본영사관에서 발행하는 출입증이 있어야 입장할 수 있다는 것이었다. 왕아초는 일본영사관에 아는 사람이 있다면서 출입증 정도는 쉽게 구할 수 있다고 호언했다. 정화암의 회고를 살펴보자.

「4월 29일!

아침부터 비가 많이 내렸다. 백정기는 완전한 준비를 마치고 출입증만을 기다렸다. 그러나 출입증을 구해주겠다던 왕아초와 화균실로부터는 아무런 연락이 없었다. 시간은 자꾸 가는데 출입증은 오지 않으니 우리의 가슴은 설레었고 초조해졌다. 예정된 시간이 지나버렸다. 우리가 실망하고 있을 무렵, 일본인 종군기자가 헐레벌떡 뛰어왔다.

"당신들의 계획은 크게 성공했소. 지금 홍구공원이 수라장이 되었소."

임정에서 통쾌한 거사를 한 것이다. 그 종군기자는 우리가 그 일을 해낸 것으로 알고 취재하려고 뛰어온 것이다.」

일본인 종군기자의 생각과는 달리 임정 한인애국단 소속의 윤봉길의 거사가 성공한 것이었다. 백정기는 통탄했고 정화암은 어쨌든 우리 민족이 던졌으니 마찬가지 아니냐며 위로했다. 덕분에 살아났지 않느냐는 말은 아무도 하지 않았다.

윤봉길의 거사로 상해 방면 일본군 최고사령관인 시라카와 대장이 즉사하고, 제3함대 노무라(野村吉三郞) 사령관의 눈알이 빠졌으며, 96사단장 우에다(植田)는 발이 잘렸다. 상해 주재 일본공사 시게미쯔 마모루(重光葵), 총영사 무라이 쿠라마쯔(村井倉松), 상해 일본인 거류민단 서기장 토모노(友野盛) 등도 중상을 입었다.

사건이 발생한 직후 일본영사관은 남화연맹의 소행으

로 여겼다. 이때 김구가 통신사를 통해 성명을 발표했다.

"나 김구가 애국단원 이봉창과 윤봉길을 시켜 일황 저격 사건과 상해 홍구 사건을 일으킨 것일 뿐 다른 한국 기관이나 한국인이 관련된 사실은 없다."

임정 산하 한인애국단의 거사라는 것을 알게 된 일제는 임정 요인들을 잡으려고 광분했다. 일제는 프랑스 조계까지 들어와 임정 관련자들을 무조건 체포했다. 미리 연락을 받은 임정 요인들은 모두 피신했으나 미처 연락을 받지 못한 도산 안창호는 교민회장 이유필의 아들을 만나러 프랑스 조계 안으로 갔다가 체포되고 말았다.

이회영은 상해 근교의 남상(南翔)으로 피신했다. 유자명이 교편을 잡고 있는 입달학원이 있었고 인적이 드문 곳이므로 괜찮을 것이라고 판단한 것이다. 임정 사람들은 피신했지만 남화연맹은 계속 상해에 남아 투쟁하기로 했다. 상해에는 남화연맹만 남아 투쟁하는 셈이 되었다.

# 9장

# 무장 투쟁의
# 길과 순국

# 1. 만주로 잠입하다

## 무장 투쟁의 길을 선택하다

일본군이 점령한 상해에서 활동 공간은 극히 좁아졌다. 이회영은 이 위기를 정면에서 돌파하기로 결심했다. 상해를 떠나 일제가 점령한 만주를 새로운 활동 무대로 삼기로 한 것이었다. 일제가 점령한 만주는 상해보다 더 위험할 수 있었다. 『우당 이회영 약전』은 이회영이 만류하는 동지들에게 이렇게 말한 것으로 전하고 있다.

"인간으로 세상에 태어나서 누구나 자기가 바라는 목적이 있네. 이 목적을 달성한다면 그보다 더한 행복은 없을 것이네. 그리고 그 목적을 달성하기 위해서 그 자리에서 죽는다 하더라도 이 또한 행복 아닌가. 남의 눈에는 불행일 수도 있겠지만 죽을 곳을 찾는 것은 옛날부터 행복으로 여겨왔네…. 내 나이 이미 60을 넘어 70이 머지않았네. 그런데 이대로 앉아 죽기를 기다린다면 청년 동지들에게 부담을 주는 방해물이 될 뿐이니 이것은 내가 가장 부끄러워하는 바요, 동지들에게 면목이 없는 일이네."

이회영이 중국에 망명한 것은 '이 목적'을 달성하기 위해서였다. '그 목적을 달성하기 위해서 죽는 것 또한 행복'이라는 말은 이회영의 인생관을 압축하고 있었다. 결과보다 중요한 것이 과정이라는 인생관이었다.

이회영의 만주행 결심은 항일 무장 투쟁을 전개하기 위한 것이었다. 『우당 이회영 약전』이나 정화암의 『이조국 어디로 갈 것인가』는 이회영이 중국 국민당의 오치휘(吳稚暉)와 이석증(李石曾)을 만나 자신의 북만행을 논의했다고 전하고 있다. 두 중국인은 이렇게 말했다.

"만주는 중국 못지않게 한국도 이해관계가 깊고 더욱이 백 만의 교민이 살고 있으니 한국인들이 조금만 힘을 모아 도와준다면 중국으로서도 만주 문제를 해결하는 데 매우 큰 도움이 될 것이오……. 만약 한국인들이 만주에서도 상해 홍구공원에서 윤봉길 의사가 일으킨 것과 같은 의거를 일으키며 광범한 항일 전선을 펼 수 있다면 장래에 중국 정부로서도 당연히 만주를 한국인들의 자치구로 인정해야만 하지 않겠습니까?"

만주를 자치구로 인정할 것이라는 말에 이회영은 고무되었다. 우리 민족의 고토를 되찾을 수 있는 호기였다. 문제는 자금이었다. 이회영이 되물었다.

"한국인들을 단결시켜 한중 공동전선을 펴는 것은 가능할지 모르지만, 항전의 필수 요소인 무기와 재정이 우리에게 결여되어 있다는 것은 그대들도 잘 아는 바가 아닙니까?"

오치휘와 이석증이 답변했다.

"그대들처럼 물욕과 영예를 모르는 담백한 무정부주의자들이 중심이 되어 온 힘을 기울일 결심이라면, 우리가 장학량(張學良)에게 연락하여 자금과 무기를 제공하도록 해 줄 것이며, 또 장학량의 심복으로 만주에 남아 있는 인물들에게 비밀 연락을 할 수 있게 알선해 주겠소."

만주사변 직전 국제연맹에 제소하자는 장개석의 말과

는 달리 국제연맹은 만주사변에 무력했고 도리어 상해까지 점령한 후 화북(華北) 이북 진출을 시도하고 있었다. 퇴각한 장학량은 반격 기회를 노렸다. 이때 한인 백만 교포의 가세는 큰 힘이 될 수 있었다. 정화암의 회고록에 따르면 이석증을 통해 이런 제안을 받은 장학량은 며칠 후 무기 공급을 승낙했다고 한다.

젊은 아나키스트들은 이회영의 만주행을 계속 반대했다. 『우당 이회영 약전』은 이때 이회영이 만주행 제1진론을 꺼냈다는 사실을 전하고 있다.

"내 늙은 사람으로서 덥수룩하게 궁색한 차림을 하고 가족을 찾아간다고 하면, 누가 나를 의심하겠는가? 내게 무슨 증거될 일이 없지 않은가? 그리고 나는 만주에 가면 곧바로 사위 장기준에게 의탁할 수 있으니 주거에 관한 걱정도 없지 않은가? 내가 먼저 가서 준비 공작을 해놓을 테니 그대들은 내가 연락하거든 2진, 3진으로 뒤따라 오라."

이회영의 고집을 꺾을 수 없음을 안 아나키스트들은 그의 만주행에 동의할 수밖에 없었다.

## 한중 연합전선

이회영은 아나키스트들과 함께 만주에 잠입한 후 해야 할 일을 상의했다.

1. 만주에 조속히 연락 근거지를 만들 것.
2. 주변 정세를 세밀히 관찰하고 정보를 수집할 것.
3. 장기준을 앞세워 지하 조직을 건설할 것.
4. 일본 관동군 사령관 무토(武藤)의 암살 계획을 세울 것.

이회영이 만주에 무사히 도착했다고 연락하면 남화연맹은 즉시 오치휘와 이석증에게 연락해 장학량과 연결한 후 한·중·일 세 나라 아나키스트들이 만주로 가서 유격대를 조직하기로 결정했다.

그런데 최근 중국 쪽에서 나온 사료들은 이회영이 훨씬 치밀하고 조직적인 계획을 세운 뒤만주로 떠났음을 전하고 있다. 먼저 장홍(張泓) 주편(主編)의 『동북항일의용군-요녕권(遼寧卷: 심양출판사)』에 따르면 동북민중항일구국회(東北民衆抗日救國會)의 상위(常委) 총무조장인 중국인 노광적이 이회영을 만났다고 전하고 있다. 노광적은 상해로 잠입해 이회영을 만났다는 것이다. 이회영은 20여 세 아래의 노광적에게 이렇게 말했다.

"나는 전에 통화(通化)에 산 적이 있소. 일본이 만주를 침략했으니 한국인과 중국인은 당연히 연합해서 항일투쟁을 전개해야 하오. 일본인은 중한 관계를 파탄내기 위해서 우리로 하여금 서로 살상하게 함으로써 어부지리를 꾀하려 하고 있소."

이회영은 자신이 하려는 일에 대해 설명했다.

"우리는 암살단과 무장 부대를 조직해야 하며 또 일본천황 등을 제거할 필요가 있소."

이회영은 장학량의 면담을 요청했다. 이회영이 장학량을 직접 만났다는 기록은 없지만 앞서 설명한 대로 장학량은 무기 공급을 승낙했다. 노광적은 또 동북민중항일구국회에서 상해로 파견한 팽진국(彭振國)과 이회영의 만남을 주선하고 또 거물급 인물인 동북난민구제회 이사장 주경란(朱慶瀾) 장군도 만나게 해 주었다.

『동북항일의용군』은 이회영이 이런 과정을 거쳐 요녕민중자위군 총사령 당취오(唐聚五: 1891~1939)와 연계되었다는 것을 전하고 있다. 장학령 휘하의 당취오는 1932년 3월 결성된 요녕민중구국회 군사위원회 위원장과 요녕민중자위군 총사령에 선임되었다. 당취오가 지휘하는 요녕민중자위군은 급속도로 세력을 확장해 그 병력이 거의 20만 명에 달했다. 당취오의 부대는 한국의 양세봉(梁世奉)이 지휘하는 조선혁명군과도 함께 투쟁했다. 이회영은 이런 당취오 부대와 연계해 항일 무장 투쟁을 전개하러 만주로 향하는 것이었다. 양세봉의 조선혁명군과는 달리 만주의 교포들을 규합해 도심에서 일제에 저항하려는 계획이었다.

정화암은 이회영에게 주의를 당부했다.

"선생님이 꼭 만주로 가시겠다니 더 이상 만류는 하지 못하겠습니다. 그러나 지금 이곳 사정도 마찬가지지만 만주의 사정도 과거와는 크게 달라서 위험합니다. 만주에 안착하실 때까지는 아무리 친한 사람이라도 만주로 가신다는 말씀을 절대로 하지 마십시오."

이회영은 알았다고 대답했다. 평생을 혁명가로 살아 보안의식이 몸에 밴 이회영이었다. 그러나 만나지 않고는 갈 수 없는 사람이 있었다. 근처에 사는 둘째 형 이석영이었다. 생전에 다시 볼지 알 수 없었기에 작별 인사도 하지 않을 수 없었다.

이회영이 아들 규창을 데리고 찾아갔을 때 이석영은 혼자가 아니었다. 임정 요원의 친척들인 연충렬과 이규서가 함께 있었다. 이회영은 희망에 차 있었다. 무장 투쟁으로 일본군을 내쫓는 '이 목적'을 달성하기 위해서라면 죽어도 좋다고 생각했다.

## 운명의 만주행

1932년 11월 초, 달빛이 환한 밤이었다. 이회영은 아들 규창과 함께 황포강 부두에 선박한 영국 선적의 남창호(南昌號)에 올랐다. 허름한 중국옷을 입은 이회영이 자리 잡은 곳은 제일 밑바닥인 4등 선실이었다. 규창은 부친이 무사히 안착하기를 빌면서 큰절을 올린 후 배에서 내렸다. 기선이 대련을 향해 출발하자 규창은 백정기와 엄형순의 숙소로 가서 부친이 떠났음을 전했다. 이회영은 흔들리는 남창호 밑바닥에 자신의 몸을 맡겼다. 1910년 망명 이후 만 22년의 장구한 세월을 한 가지 목적을 위하여 살아왔다. 이제 늙은 몸으로 새로운 투쟁의 역사를 열 것이었다. 이회영은 만주로 출발하기 직전에 서울의 부인에게 상해를 떠난다는 사실을 편지로 알렸다. 이은숙 여사의 『서간도 시종기』는 이렇게 전하고 있다.

「…… 하루는 상해에서 가군(家君: 이회영)의 편지가 왔는데 별말씀 없으시고 다만 몇 자뿐으로, "지금 신지(新地: 새로운 곳)로 가서 안정이 되면 편지한다." 하시고는, "지금 떠나니 답장 말라."라고 하셨다. 어찌된 일인지 놀랍고도 궁금하여 우관(又觀: 이정규) 선생께 가서 편지를 보이고는 어떻게 된 영문이냐고 물었더니 그분 역시 생각하시면서, "아마 만주는 못 오실 것이고, 남경(南京)으로 가시는 모양이오." 하며 궁금해하신다……. 이 편지는 10월(음력) 상순에 왔는데 회답도 할 수 없고, 마음이 산란하기가 한량없어 그날부터 침식이 불안하였다.」

이정규도 이회영이 만주로 가리라고는 상상할 수 없을 정도로 위험한 길이었다. 그러나 이회영에게는 상상을 뛰어넘는 파격이 있었다. 일가의 집단망명, 삼한갑족 출신의 아나키스트, 66세 노구의 만주행……. 이런 파격이 이회영의 본 모습이었다.

최근 발견된 '동북의용군사령부' 명의의 문건은 "동북항일의용군의 창시자인 이회영은 중화민국 21년(1932) 11월 8일 조직위의 파견으로 배를 타고 상해에서 출발했다."라면서 이회영을 '동북항일의용군'의 창시자로 기록하고 있다. 『동북항일의용군-요녕권』은 "의용군 제3군단 지휘부는 이회영에게 요동에서 배치할 구체적 임무를 주었다"라고 전하고 있다. 의용군 제3군단 지휘부와 연합해 무장 투쟁을 전개하러 간다는 뜻이었다.

규창은 만주에서 도착 편지가 오기를 매일 같이 기다렸다. 그러나 편지는 오지 않고 국내에서 전보가 왔다. 모친 이은숙이 규학에게 보낸 전보였다. 간단한 전보였지만 충격적인 내용을 담고 있었다.

"11월 17일 부친이 대련 수상경찰서에서 사망."

청천벽력 같은 소식이었다. 규창은 백정기에게 전보를 보였다. 깜짝 놀란 백정기는 일단 국내의 모친께 서신을 보내 자세한 내막을 알아보라고 말했다. 이은숙 여사의『서간도 시종기』에 더욱 자세한 내용이 실려 있다.

「……10월 19일, 신경(新京: 장춘) 여식(규숙)이 다음과 같은 내용의 편지를 보내왔다.

"오늘 영사관(일본)에서 저를 조사하러 왔는데, 아마 아버님께서 저에게로 오시다가 대련 수상경찰에 피착(被捉: 체포)된 것 같으니 어머님께 조사가 오거든 다른 말씀 마시고 딸이 신경에 산다고만 하세요."

하도 놀랍고 마음이 초조해 즉시 편지를 가지고 가서 우관께 여식의 편지를 보여드리니, 우관께서도 놀라며,

"선생님께서 어쩌자고 만주로 오셨단 말인가?"

하시고는 걱정스러워하셨다……. 밖에서, "현숙아!" 하고 부르시는 음성이 시외숙모시라. 급히 나가보니 시외숙모께서 전보를 주시면서, "신경에서 통동(通洞: 종로 통인동)으로 전보가 왔다고 가져왔기에 내가 왔다." 하시며 전보를 주고 가신다. 어떤 전보인가 하고 의당 선생을 주었더니, 선생이 보시더니,

"이게 웬일인가? 내가 전보를 잘못 보았나. 이 전보에는 선생님께서 오늘 오전 다섯 시에 돌아가셨다고 했는

데, 내가 일어(日語)를 잘 모르니 어디 내가 우편국에 가서 자세히 알아보고 오겠다."

하시고 황망히 나가셨다. 좀 있다가 들어오면서 말을 하지 못하고는 낙루하시며,

"정말 돌아가셨다는 내용의 전보다."

하니, 슬프도다. 6, 7년을 고심열성(苦心熱誠)으로 수만 리 이역에서 상봉할 날만 고대하였더니, 이런 흉보를 받게 될 줄이야.」

믿기 어려운 일이었다. 이회영은 흔적을 남기지 않는 인물이었다. 그렇기에 만주와 북경, 천진과 상해를 넘나들면서도 한 번도 체포되지 않았던 것이다. 이렇게 쉽게 체포될 인물이 아니었다.

## 의문의 죽음

당시 국내에서는 이 사건에 대한 의견이 분분했다. 『만주일보(滿洲日報)』에 '거동이 수상한 노인이 사망했다'는 내용이 실렸는데 그 노인이 이회영이라는 설로 바뀌면서 의혹이 증폭되었다. 그래서 대련 관동청(關東廳) 경무국(警務局)은 "18일 자 『만주일보』에 그 노인이 목매 죽은 듯이 게재하였으나 그 기사의 내용은 오보"이며, "이회영이라는 사람도 아니다"라고 국내 기자에게 전화로 밝혔다.

당시 『중앙일보』, 『동아일보』, 『조선일보』 등의 국내 신문들은 이 사건을 크게 보도했다. 나중에 여운형이 사장을 지내는 『중앙일보』는 1932년 11월 21일 자에 "대련 수상서 유치중/괴(怪)! 액사(縊死: 목을 매어 죽음)한 노인"

이라는 제목으로 이렇게 보도했다.

「지난 17일 새벽 대련 수상서 유치장에서 취조를 받고 있던 조선 노인 한 명이 감방 창살에 내건 빨랫줄로 목을 매어 자살한 사건이 돌발해 그날 아침부터 대련 수상서는 당황한 빛을 띄워 긴장한 공기에 싸여 있다.

지난 5일 상해로부터 입항한 영국 배인 남창호를 수상서에서 임검할 때 동서(同署) 고등계 토코시마(床島) 특무(特務)가 거동이 수상한 4등 선객 한 명을 발견하고 그의 주소, 씨명을 물었는바 그는 산동성 제남(濟南)의 양(楊)이라는 중국인이라고 하므로 동특무는 그의 언어 행동이 중국인으로 간주하기 어려운데다가 얼마 전부터 상해, 천진 방면의 불온 조선인의 책동을 엄계하여 왔으므로 즉시 본서로 인치하여 엄중하게 취조하였다. 그 결과 그는 조선 경북 출생의 이환광(67세)이라고 자칭하고 중국 각지를 굴러다니며 ××청년당, 기타 불온 조선인과 내왕하던 사실도 있는 것 같아서 동서에서는 중요 인물로 간주하고 계속 취조를 엄중히 하였던 바 그 후 취조에도 여전히 중국 내지의 친구들을 방문하였을 뿐이라 하고 그 외에는 함구불언하였다. 그래서 16일 밤에도 때마침 후쿠다(福田) 고등계 주임이 당직이었으므로 오후 11시까지 취조한 후 제2호 유치장에 구금하였던 바 17일 오전 5시 20분경 드디어 전기와 같이 자살을 한 것이다.」

『중앙일보』는 11월 24일 자에서 "우당 이 노인의 서거는 사실로 판명"이라는 제목으로 다시 보도했다. 작은 제목은 "그동안 억측이 구구하던 이회영 씨 서거설은 사실로 판명되었다"라는 것과 "유해는 화장까지 하여"라는 것이었다.

「우당 이회영 노인의 서거설에 대하여 여러 가지로 풍설이 구구하든 터인데 23일 아침 신경(新京: 장춘)에 있는, 우당의 따님 규숙 씨가 서울에 있는 그의 자당과 오빠되는 규룡 씨에게 확실한 부음을 전해왔다 한다. 그 기별의 내용에 따르면, 우당 노인은 지난 5일 상해로부터 대련에…… 상륙하려는 즈음에 수상경찰서원에게 체포당해 주소, 성명 등을 심문하매 씨는 낙양(洛陽) 땅에 사는 양모(楊某)라 자칭하였으나 여러 가지로 경찰의 의혹을 받아 마침내 대련경찰서에 유치되었다.

그리하여 몇 번이나 경찰의 취조를 당하면서도 당당한 기개로 진술과 답변을 한마디도 하지 않았고 사상적으로 불굴·침착하다는 점 때문에 취조하는 계원들도 놀랐는데 아무리 취조해도 도리가 없으므로 동서(同署) 후쿠다(福田) 고등계 주임은 심문의 방침을 고쳐 본적지로 신분을 조사케 하는 일방 그의 행선지와 목적지 등까지 일일이 조사할 수 있는 데까지 조회하려 하였으나 일체를 함구불언하므로 취조도 일시 중단해야 할 형편이었다 한다. 그런데 지난 17일 아침 다섯 시경에 이르러 그가 감금되었던 제2 감방 속에서 3척 여의 노끈으로 자일(自縊?: 스스로 목매어 죽음)하였다는 바 이 급보를 들은 중국 검찰관은 향취(香臭) 의사를 대동하고 동일 아침 9시 반경에 실지 검진을 마치고 시역소(市役所)로 넘기어 가매장한 후 신경에 있는 그의 따님 규숙 씨에게 이 사실을 통지하였던 바, 이 비보를 들은 규숙 씨는 19일 대련에 이르러 그

유해를 다시 화장하여 유골을 신경으로 가져왔다 하며 씨의 유족으로는 서울에 있는 이규룡(우당의 장자) 씨만 23일 밤 11시 경성역발 신경행 열차를 타고 간다고 한다.」

이 신문 보도에 '자일(自縊?)'이라는 의문부호를 쓴 것은 이회영이 고문치사를 당하지 않았느냐는 의문을 제기한 것이다. 독립운동의 감시와 타도를 관할하는 일제 고등계의 고문은 혹독하기로 유명했다. 긴 대나무 꼬챙이로 손톱 밑과 발톱 밑을 찌르는 것은 고문의 전초전에 지나지 않았다.

그런데 지금껏 이회영의 사망지가 대련으로 알려져 있으나 최근 중국 기록들은 대련이 아니라 여순 감옥이었음을 전하고 있다. 앞의 『동북항일의용군-요동권』은 "불행히도 일본 대련 수상경찰국에 체포되어 여순감옥에 투옥된 후 적에게 살해되었다"라고 전하고 있다. '동북의용군사령부' 명의의 문건은 의용군 측에서 이회영을 맞으러 나갔던 사람들이 11월 22일 상부에 직접 보고한 기록이다. 이 문건은 의용군 측에서 김효삼(金孝三)·김소묵(

金小默)·양정봉(梁貞鳳)·문화준(文華俊) 네 명을 대련으로 파견해 이회영을 맞이하게 한 것으로 전하고 있다. 대련 부두에서 이회영이 경찰에게 체포되는 것을 목도했다는 것이다. 이들은 다방면으로 이회영을 구하려 했으나 아무 소용이 없었다면서 "반도(叛徒: 반역자)가 팔아넘겼다"라고 보고했다. 이 문건은 또 11월 17일 이회영의 사망 사실을 신경(新京: 장춘)에 있는 이회영의 딸 이규숙에게 통보한 것도 자신들이라고 전하고 있다. 이은숙 여사의 자서전은 일본영사관에서 통보한 것으로 기록하고 있으나 일본영사관에서 장기준과 이규숙 부부의 거처를 알았으면 그냥 두었을 리 없었기에 미심쩍다.

67세 노인인 이회영은 혹독한 고문에도 끝내 함구했다. 본적지 조회조차도 거부했다. 죽음을 각오한 항거였고, 젊은 동지들을 지키기 위한 칠순 노인의 외로운 투쟁이었다.

이회영이 고문사했다는 것은 그의 시신을 목격한 딸 규숙의 증언에서도 드러난다. 다시 이은숙 여사의 자서전을 보자.

「여식 규숙이가 대련에 도착하여 바로 수상경찰서를 찾아가 저의 부친 함자를 대니, 형사들이 영접은 하나 꼼짝을 못하게 지키고는, 여러 신문의 지국장들이 여식을 면회하자고 청하나 형사들이 허락을 해주지 않으니 어찌 하리오.

당시 여식의 연령이 22세로 저의 부친께서 고문에 못 이겨 최후를 마치셨다는 의심을 가지고…… 형사가 시키는 대로 시체실에 가서 저의 부친 신체를 뵈었다. 옷은 입은 채로 이불에 싸서 관에 모셨으나 눈은 차마 감지를 못하시고 뜨신 걸 뵙고 너무나 슬픔이 벅차 기가 막힌데, 형사들은 재촉을 하고 저 혼자는 도리가 없는지라, 하는 수 없이 시키는 대로 화장장에 가서 화장을 하고 유해를 모시고 신경으로 왔으니 슬프도다.」

역시 규숙의 현장 증언을 들은 이규창은 자서전에 이렇게 썼다.

"규숙 누님이 급히 대련경찰서로 가 그놈들에게 사정

을 문의하니 폐일언하고 자결하였으니 화장하여서 유해를 가져가라고 위협 공갈까지 하며 강제로 시체를 대강 누님에게 보이고 중국 의복 따파오(大袍), 모자, 신발만을 갖게 하고 안면을 확인시키고 화장해 버렸다. 안면을 확인할 때 선혈이 낭자하였고 따파오에도 선혈이 많이 묻어 있었다고 한다."

목격자의 이 증언들은 이회영이 일제 고등계 형사들에게 고문사를 당했음을 말해주고 있다. 당시『동아일보』1932년 11월 24일 자는 '의문의 마승(麻繩: 삼로끈) 출처'라는 제목으로 이회영이 자살했다는 일제의 발표 내용에 의문을 제기하고 있다.

"그가 칠순의 노령으로 자결한 데 대하여 그가 생전에 한마디 한 구절의 유언도 남기지 않고 돌아갔기 때문에 억측을 허할 수 없으나 이에 대한 대련경찰서 측의 말에 따르면 그의 자결에 사용된 삼로끈의 출처를 아직 알 수 없으므로 그는 만일의 경우 죽음을 각오하였던 것 같으며 그의 죽음은 어떠한 크나큰 비밀을 숨기기 위한 것으로 추측된다."

샌프란시스코의 국민회에서 발행하는 『신한민보』는 1923년 12월 22일 자에서 "그가 생전에 한 구절의 유언도 남기지 않고 돌아갔기 때문에 억측을 허할 수 없다"라면서 "삼로끈의 출처를 아직 알 수 없다"라고 전하고 있다.

칠순 노령의 이회영이 고문당한 이유는 이 '비밀'에 있었다. 만에 하나 그가 자결했다고 해도 이는 타살이지만 이회영은 유언 한마디 없이 자결할 인물은 아니었다. 철저한 조사로 유명한 일본 경찰들이 삼로끈의 반입을 허용했을 가능성도 전무하다. 고문사를 자살로 위장했을 것이다. 부랴부랴 이회영의 시신을 화장하게 해서 고문사의 흔적을 남기지 않은 것에서도 이를 알 수 있다.

1932년 11월 17일. 우당 이회영은 이렇게 여순감옥에서 인간해방, 민족해방의 제단에 자신의 몸을 바쳤다. 삼한갑족의 후예로 태어나 모든 재산과 생애, 마지막 목숨까지 민족해방과 인간해방에 바친 것이었다.

## 밀고자들

이회영의 체포에는 커다란 비밀이 담겨 있었다. 그의 체포는 밀정 때문이었다. 젊은이도 아닌 칠순 노인을, 그것도 수많은 4등 선객 중에서 그를 정확히 집어내 심문했다는 것은 대련 수상서 고등계에서 그가 온다는 사실을 미리 알고 있었음을 의미했다.

그래서인지 그의 사후 상해 한인 사회에는 이회영이 밀정 때문에 희생되었다는 소문이 퍼져나갔다. 남화연맹에서는 이 소문을 무시해버리려고 했다. 엄청난 내용이었기 때문이다. 그러나 무시해버리기에는 소문의 내용이 구체적이었다.

당초 밀정으로 거론된 인물은 위혜림(韋惠林)이었다.

위혜림은 독립운동 세력에게 일본 영사관 측의 정보를 주던 인물이었다. 정보를 수집하자니 이쪽의 정보도 일부 주는 경우가 있었는데 그만 주어서는 안 될 정보를 준 것이 아닌가 하는 의심을 받았다. 위혜림은 자신의 결백을 밝히기 위해서라도 반드시 그 밀정을 알아내겠다고 다짐했다. 그의 조사 결과 포착된 인물이 바로 이규서와 연충렬이었다. 이회영이 이석영을 찾아갔을 때 두 사람은 함께 있었다.

정화암·백정기·엄형순은 이규창에게 둘을 유인하라고 말했다. 규창은 이규서·연충렬과 상해 한인청년당·한인소년동맹 등에서 같이 활동했기 때문에 잘 아는 사이였다. 윤봉길 의거 이후 손발이 묶였으므로 만나기가 쉽지 않았으나 규창이 백방으로 찾아다닌 결과 이석영의 집에서 만날 수 있었다. 이규창이 제의했다.

"과거처럼 청년 단체를 조직해서 독립운동을 다시 시작해야 하지 않겠는가?"

"우리도 그런 생각을 했네. 과거와 같이 일하던 청년 동지들을 모으세."

두 사람은 반색하면서 서두는 기색까지 있었다. 이규창이 다시 말을 이었다.

"조직을 재건하려면 많은 준비와 자본이 필요하네. 게다가 우리를 후원해 줄 선생님도 필요하네. 그러니 이틀 후에 이 자리에서 다시 만나세."

규창은 백정기와 엄형순을 만나 회동 결과를 설명했다. 이들은 백범 김구와 다른 두 요인이 후원하기로 했다고 말하기로 약속했다. 이틀 후 이석영의 집에서 다시 만나 김구를 비롯한 임정 요인 두 분이 후원자가 되기로 했다는 이야기를 전하니 이들은 크게 기뻐했다.

이규창은 며칠 후 상해 근교의 남상 입달학원(立達學園)을 만날 장소로 지정했다. 유자명이 교편을 잡고 있는 입달학원은 한적했기 때문에 밀정들을 처단할 때 주로 이용하는 장소였다.

연충렬과 이규서는 김구를 만날 수 있다는 생각에 입달학원으로 찾아왔다. 학원 안에 있는 연못에서 뱃놀이도 하고 함께 술도 마시며 밤이 오기를 기다렸다. 밤이 오자 그들을 기다리고 있는 것은 김구가 아니라 남화연맹의 취조였다. 위혜림으로부터 입수한 물증을 들이대며 추궁하자 그들은 울면서 잘못을 시인했다. 정화암, 백정기, 엄형순 등은 그들을 입달학원과 정거장 사이의 벌판에서 처단했다.

이회영을 죽음으로 몰고 간 밀정들을 처단했지만 이미 죽은 목숨까지 되돌릴 수는 없었다.

## 장례

1932년 11월 28일 아침 장자인 규룡이 이회영의 유해를 모시고 경의선 장단역에 도착하였다. 박돈서, 홍증식, 신석우가 평양까지 가서 함께 유해를 모시고 돌아온 것이 그나마 위로가 되었다. 서울에서는 이은숙 모녀 등의 가족, 이득년·유진태를 비롯한 평생지기들, 변영태·장덕수·여운형 등의 독립운동가들, 동아일보 편집국장 김철중 등이 참석했고, 조선일보의 서승효 등은 사진기자를 대동하고 참석했다.

장단역 창고에 영결식장을 배설했는데 오후부터 눈발이 날리면서 밤이 가까워지자 바람이 심해졌다. 이은숙의 자서전을 보자.

"그날 오후부터 눈발이 날리면서 밤 초경(初更: 저녁 7~9시)이 되자 풍세(風勢)가 심하여 어찌나 추운지 영결식장에 배설해 놓은 병풍과 차일이 다 날아가 혼잡을 이루니, 오호라. 가군의 영혼이 원통하여 이같이 하신다고 여러분이 더욱 슬퍼들 하시더라."

미망인 이은숙의 제문(祭文)은 애절하다.

「……오호통재라. 천생연분이 지중하든지 우리 종조 해관장의 중매든지, 무신(戊申: 1908)년 10월 20일에 가군과 결혼하여 천지에 맹세하고…… 기미운동(3·1운동)에 미쳐서 가군은 북경으로 먼저 가시며 처더러 이렇게 말씀하셨지요.

"추후에 오라."

3월경에 박돈서와 동반해서 북경에 도착하니 가군은 상해로 가시고 아니 계시기에 처가 여관 살림을 하면서 상해만 멀리 바라보고 고독히 지내더니…… 가군이 북경에 돌아와서 3천 리 타향에서 부부 상봉을 하고 인해서 살림을 시작하게 되니 든든하고 반갑기가 세상에 저 한 사람인 듯하였지요. 연약한 체질에 피로도 돌아보지 않고 사랑에 계시는, 가군 동지 수삼십 명의 조석 식사를 날마다 접대하는데 혹시나 결례가 있어서 빈객들의 마음이 불안할까, 가군에게 불명예를 불러올까 조심하고 지낸 것이 가군을 위한 것만 아니나라 가군의 동지들도 위한 것이올시다……. 경제도 마련 없어 근근이 부지하다 못하여 부부 의논하고, 혹시나 몇 동지의 도움을 얻어볼까 하고 을축(乙丑: 1925)년 7월에 조선으로 향하였더니 이날이 만고영결이 되었군요. 영결이 될 줄 알았더라면 같이 죽지 이 길을 택했으리요……. (1932년) 10월 20일 밤에 몽사(夢事)에, 가군이 오색 비단옷을 입으시고 문에 들어오는데 청아한 풍채가 신선이요 속인은 아닌지라, 처가 반겨 일어나서 영접하고,

"제가 당신을 따라가겠다."

하니 가군께서 말씀이,

"아직은 나 있는 데 못 온다."

하시고 막연히 가시는지라, 처가 놀라 깨니 남가일몽(南柯一夢)이라, 오호 통재라. 그날 밤에 가군이 불측한 화

를 당하시고 억울히 별세에 드시어 영백(靈魄)이 원한을 말씀코자 오신 걸 처가 업장(業障: 전생에 지은 허물)을 놓지 못하고 완맹하여 알지 못하였나이다…….

가군이 일생의 몸을 광복운동에 바치시고 사람이 닿지 못하는 만고풍상을 무릅쓰고 다만 일편단심으로 '우리 조국, 우리 민족' 하고 지내시다가 반도 강산의 무궁화꽃 속에 새 나라를 건설치 못하시고 중도에서 원통 억색히 운명이 되시니 오호통재라……. 산천초목이 미망인의 슬픈 원한을 위로하는 듯, 천지가 무광(無光)하더라.」

이회영의 유해는 개풍군의 선영에 안장했는데, 『동아일보』는 "유해를 맞는 이들의 창자를 끊는 곡성이 영결식장에 가득 찼다"라고 보도했다. 하기락은 이회영의 일생을 이렇게 요약하고 있다.

"민족주의 태내(胎內)에서의 무정부주의의 성장, 그 사상적 성숙, 그 투쟁 단계, 그리고 전시(戰時)의 전투 체제로의 전환 등의 과정을 우리는 우당이란 한 사람의 생애에서 읽어낼 수 있다. 우당의 최후는 이 과정의 마지막 단계에서의 장렬한 산화였다."

그가 전 생애를 바쳐 보여준 그 길은 지금 우리 사회에 어떤 모습으로 남아 있는지, 스스로를 되돌아보게 한다.